DON'T STOP

JN083019

SYOUYA HIBIKI

RITSUTO USAMI

CHARACTER

MUTSUKI TAKANASHI
MARON SHIRAYUKI
REI SYOUJOU
MAKOTO KUROKI

ロキ 1
THE CURSED SONG

総夜ムカイ
原作・監修：みきとＰ

MUKAI SOUYA & mikitoP & GAS(ex.ROCORU) PRESENTS

まえがき

『ロキ』を小説化するにあたって、僕が出した掟が三つあります。

・ぶち壊すこと
・振り切ること
・キラキラさせないこと

それによってプロットの段階からムカイ先生を困らせてしまった事もあった様にも感じましたが、「呪いの楽曲」というキーワードが出たその時点で、全てが前のめりになった感覚がありました。

さらに原曲イラストを担当してくださったGAS（ろこる）さんの描き下ろしイラストが到着し、ようやく〝『ロキ』の小説化〟が腑に落ちました。

[口絵・本文イラスト] GAS(ろこる)

『ロキ』の世界は僕の中に一つ、そしてリスナーみなさんの中に一つ存在します。

そしてこの小説にも一つのロキの世界があります。

総夜ムカイ版『ロキ』どうぞお楽しみ下さい。

THANK YOU ROCK!!

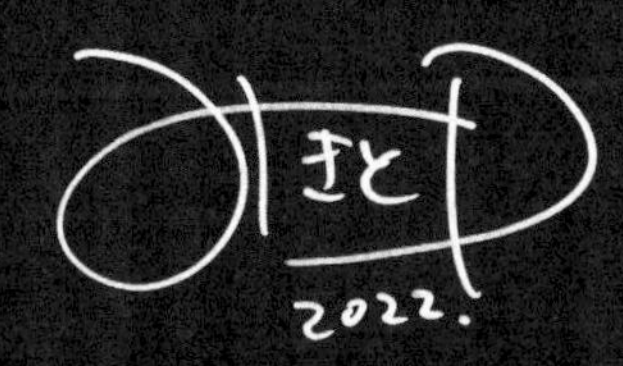

第一章　呪いの曲

「ねえねえ、『ロキ』って知ってる？」

「それ、あの聴いたら死ぬっていう曲でしょ？　『ロキ』ってさ、突然ＳＮＳのオススメに出てくるって言うじゃん。こんな話してたらヤバくない？」

「ええ？　大丈夫だって。私、検索したけど見つからなかったもん。あんなの、どうせ嘘に決まってんじゃん」

　教室の引き戸を開けると、クラスメイトの女子が、そんな噂話をしているところだった。なかなか興味をそそる内容だったが、俺は彼女たちを一瞥し、大人しく自席に向かう。

「はあ……」

　肩に担いでいた物を床に下ろし、鞄を机に置き、俺は項垂れる。この溜息の原因は、間近に差し迫った文化祭にあった。

　露骨に塞ぎ込んでいると、ふと誰かに肩を叩かれた。

「おっす、六樹！　どうしたんだよ、元気なくね？」

　俺は、声を掛けてきた奴をキッと睨みつける。

「誰のせいだよ……」

こいつはクラスメイトの響翔也(ひびきしょうや)。女の子受けしそうな茶髪を、清潔感のある長さで整えている、いわゆる美少年だ。

こんな廊下を歩けば女子の視線を釘付(くぎづ)けにするようなリア充と、プライドばかり高くて性格を拗(こじ)らせた俺みたいなぼっちが、なぜ親しくなったのか。その答えは——

「おはよう。六樹、翔也。朝から元気だね」

——俺らの会話に割り込んできた、このクラスメイトにある。

「おお、律人(りつと)か。おはよう……」

彼の名前は、宇佐美(うさみ)律人。翔也とは対照的で、超がつくほど真面目な優等生だ。親は有名企業の社長で、幼少期から厳しく躾(しつ)けられていたらしく、成績は常に学年トップである。眼鏡を指でクイッと上げる仕草にも気品があるではないか。

事情を知らない連中からすると、意外な組み合わせの三人だと思われているだろう。だが、俺たちは、同じ旗を掲げる戦友とでも言うべきか。

「六樹、ごめん。今日も放課後は予備校があって、練習には参加できそうにないんだ」

「そっか、今日もかよ……まあ、分かった」

ここ最近、こいつらのおかげで、自分の作り笑いが上手(うま)くなってきた気がする。

「あっ、オレも今日はダメなんだ！　ちょっと用事があってさ」

「翔也は、どうせ女の子とデートだろ？」

「き、決めつけはよくないと思うぞ？」

と、すぐ反論してきたものの、図星だったのだろう。翔也はどもってしまう。

「まあ、いいよ。仕方ねえ……今日もこいつの出番はお預けだな」

俺はさっき床に置いたギターケースを見つめる。

俺の名前は小鳥遊六樹。受験を目前に控えた高校三年生だ。そして、俺たち三人は、こう見えてバンドマンなのである。

俺がギターボーカルで、律人がベース。翔也は兄の影響でドラムを叩いている。

学校一のモテ男と我が校期待の首席、そして何の取り柄もないサブカルボーイの俺。こんな奇妙なメンツで組んだスリーピースバンド、それが俺たちなんだ。

「でも、当日までには、ちゃんとどこかで練習する時間を取ってくれよ。せっかくオーディションだって、受かったんだから」

我が校の文化祭ライブは過去にプロも輩出したことがあるような有名イベントで、出たいと言って易々と出られるようなもんじゃない。俺たちは、熾烈なオーディションを勝ち抜き、たった三枠の出演権を勝ち取ったのだ。

それゆえに俺は、この文化祭ライブにバンドの将来を託すくらいの意気込みで臨んでいるのだが、どうやら他の二人は違うのかもしれない。

いつからだったか、こうして何かと理由をつけ、練習を休むようになっていた。

それが、最近の俺の悩みの種ってわけだ。

「そうだ！　オレ、六樹に、お願いがあるんだよ」

「うん？　改まって、何だよ？」

「オレ、文化祭委員じゃん？　今日さあ、放課後に会議があるんだけど、代わりに出てくんないかな？」

両手を合わせて、翔也は俺を拝む。

さては翔也のやつ、今日のデート相手が本命なんだろう。だから、こんな真剣に頼んでくるってわけに違いない。

「まあ、別に構わねえけど。大事な会議なのに、サボっていいのか？」

「いや、オレだって出ようか、すげえ悩んだんだぜ……でも、あんまり顔を合わせたくない奴(やつ)がいるって言うかな……」

「翔也は異性にだらしがないから、そういうことになるんだ」

「ひでぇ!?　六樹、お前なんか勘違いしてるぞ！」

翔也は、眉間に皺(しわ)を寄せ、抗議してくる。

「まあまあ、二人とも。喧嘩(けんか)はよしなよ」

ふてくされる翔也の肩をさすって、律人が宥(なだ)める。

「ところで、六樹。ホントにそんな安請け合いをして、大丈夫なの？」

「えっ、どういう意味だよ？　まさか、文化祭委員って、そんなに激務なのか？」

「違うよ。文化祭委員の相方は、あの子だけど大丈夫かってこと」

「ああ、そういうことか……」

　律人（りつと）から理由を聞いて、妙に納得してしまった。すっと俺の目は、彼女に向く。

「むっ、これは虫の知らせか……我が魂が共鳴しておるわ、クックックッ」

　と、キョロキョロと周囲を見渡し、悪目立ちしちゃっている女の子。

　艶（つや）やかな暗紫色のショートヘア。こちらを見透かすような切れ長の目。そして、丸みを帯びた嫋（たお）やかな唇。彼女はまるで人形に命が吹き込まれたのではないかというくらいに、神秘的なフォルムをしている。

「ぬっ……とうとうこの包帯を取る時が来たようだな……我が手に封じられし、古（いにしえ）の記憶を解放せねばならんか。クックックッ」

　彼女の名前は、庄條澪（しょうじょうれい）さん。黙っていれば美少女なのだが、このように重度の中二病なのである。何のキャラを真似（まね）ているのか、左手首に包帯が巻いてあり、発言や挙動も突拍子がない。いつしかクラスの誰も、そんな彼女に寄りつかなくなった。

　意を決して、翔也（しょうや）が、彼女に声を掛ける。

「あの、庄條さん？　今日の委員会だけど、オレの代わりに、六樹（むつき）が出てくれることになったから！　悪いけど、宜（よろ）しくな！」

KUKU
KU……

「ふむ。君が、我が魂の疼(うず)きの原因か。えっと……た、たか、たかなし……くん？」

「ああ、どうも」

庄條(しょうじょう)さんはフニャフニャした物言いで、緊張していることが見て取れた。たぶん、人見知りする子なんだろうけど。

参ったな。いかんせん俺も、人付き合いは得意じゃないのだ。話したこともない異性と会議に出席するだけでも気が重いのに、相手が庄條さんだったなんて……。

あー、これは律人(りつと)の言う通り、安請け合いだったかもしれないぞ。

※

放課後を迎え、バタバタ慌ただしい教室。

はて、この手の会議に出席した経験が無い。どう準備していけば良いか、さっぱりだ。

庄條さんに相談しても、まともな返事がくる気がしなかったから、とりあえず筆記用具とメモ用紙を持って、俺は会議室へと向かう。

「はあ……こんな事をしている場合じゃねえんだよ」

文化祭は待ってくれない。俺たちが練習を怠けている間にも、その日は刻一刻と近づいて来ている。こんな調子で、観客の心を揺さぶる演奏(ステージ)など、実現できるだろうか。

「あれ？　そういえば、俺たちが最後にリハしたの、いつだっけ？」

なぜだろう。思い出そうとしても、頭の中に煙幕を焚かれたみたいに、必要な情報が霞み掛かってしまう。これまで味わったことのない妙な感覚だった。

「この歳で物忘れとか、ヤバイだろ……」

とうとう頭痛までしてきた。体もフラつくので、壁に手を当て、窓からグラウンドを覗き込んで気分を紛らわす。大きく深呼吸をすると、少し症状が落ち着いてきた。

すると、背後から騒々しい足音が聞こえて、俺は振り向いた。

「はあはあ……なぜ我を置いていったのか、理由を訊かせてもらおうか？」

肩で息をしている庄條さんが、ふくれっ面で立っていた。

「おおっ、ごめん」

庄條さんにウザ絡みされるのが嫌だったから、とは口が裂けても言えない雰囲気だな。

「クックックッ。わかったぞ、小鳥遊くんはシャイボーイなのだな」

「まあ、人見知りではあるけどな……」

普段の俺の生活っぷりを見てもらえれば、友人が少ないことは一目瞭然だろう。

「まあ良い、我が眷属よ。これでも読むがいいわ」

えっへん、と言って胸を反らして、庄條さんは一冊のノートを俺に手渡す。

「俺はいつの間に、庄條さんの眷属になったんだ……？」

ともあれ、渡されてしまった物は、見ないわけにはいかない。中をペラペラめくってみると、達筆なのに読み方も分からない漢字や、禍々しいモンスターのイラストなどが落書きされてある。一体、俺は何を読まされているんだろうか？

しかし、文章を読み進めていくと、何となく全容が見えてきた。

「あれ？　これってもしかして、前回までの議事録か？」

「クックックッ、そうとも言えるな……」

庄條さんは、照れ臭そうに目を逸らす。

そうか。俺のために、わざわざ走って持ってきてくれたのか。

「ありがとう、読みやすい綺麗な字だ」

「へっ!?　け、眷属のくせに生意気言いよるわ！」

庄條さんがひとさし指をこちらに向け、動揺している。可愛い反応だった。

少しだけ分かってきたことがある。庄條さんの中二病キャラは、実は照れ隠しなのかもしれないってことだ。時折透けて見える、素の彼女が俺には微笑ましかった。

「まったく君は、人たらしにも程があるぞ……とにかく！　闇に導かれし我が眷属よ。これに懲りたら、我をぼっちにしないことだ！」

「うん、約束する」

「いま、契ったからな？」

庄條さんは陽気なタイプではなく、クラスで変わり者として扱われてしまっている。ゆえに、彼女はぼっちだ。

だが、それは俺にも言えることで、もしクラスに律人（りっと）と翔也（しょうや）がいなかったら、どうなっていたことか。考えるだけでも恐ろしい。

そういう意味では、俺と彼女は似ているのかもしれない。だから、少しくらいは、仲良くなれるんじゃないだろうか。

「それにしても、我は、この会議が憂鬱なのだ……」

「え？　どうして？」

「だって、文化祭の実行委員長は、あの黒木真琴（くろきまこと）なのだぞ？」

「げっ……それって、生徒会長の黒木さんかよ？」

黒木真琴。生徒会長であり、映画研究部の部長であり、文化祭実行委員長でもある、才色兼備の優等生。まさに内申点の鬼とでも呼ぶべき人物である。

なまじ容姿は良いものだから、言い寄る男子も多いらしいが、堅物で可愛げのない彼女に凄絶なフラれ方をしたという話は、後を絶たない。

他にも、校則違反の生徒を徹底的に吊（つ）るし上げて回ったりだとか。はたまた成績の悪い生徒には、生徒会特権で膨大な追試験を課したりだとか。

そんな数々の横暴エピソードを聞くに、根本的にあいつは、自分以外の人間を、全て自分の手駒だとでも思っているのだろう。

「俺もあいつ、苦手なんだよな。なんか機械的っていうか……」

「うむ、他人に興味が無いタイプだろうな……」

と、庄條さんと二人で陰口を叩いていると、

「ごほん」

どこからか咳払いが聞こえてきた。

庄條さんが短く悲鳴を上げ、両足を震わせる。俺も背後に仁王立ちする女子の顔を見て、心臓が止まるかと思った。

「く、黒木さん!?」

廊下で立ち話なんて迂闊だった!? こんな話を、本人に聞かれてしまうなんて!

生徒会長は俺の爪先からつむじまでを、ねぶるように見回す。まな板の上の鯉に、どこから刃を突き立ててやろうかと言わんばかりだ。

こりゃ、どんな懲罰を言い渡されるか、知れたものではない……。

だが、生徒会長は、ふっと鼻から息を漏らす。

「皆さんに嫌われている自覚はありますが、私もちゃんと血の通った人間なので、こんな廊下の真ん中で堂々と悪口を言われると、さすがに凹みますわ」

「悪かった。気を付ける」

ああ、どんどん罪悪感が込み上げてくる。

「それより早く中に入りなさい。ここに居ると、邪魔になりますから」

黒木会長は、顎をしゃくる。

ばつが悪い俺たちは、「うん」と頷いて、そそくさと手近な席に腰を掛ける。

「我は、生徒会長の威圧感に当てられたようだ……」

「大丈夫かよ、顔色悪いぞ？」

全クラスが出揃ったのを確認すると、おもむろに書記係の男子生徒が黒板の前に立った。

そして、黒板に真っ白なチョークで、本日の議題をツラツラと書き出していく。

黒木さんの隣に座って書記に指示を出す、三つ編みで眼鏡の女の子は、生徒会の副会長だ。どうやら、文化祭委員の副委員長も兼任しているらしい。

時折、副会長は黒木さんに耳打ちをして、何やら確認を取っている。そして、準備が整ったのか、黒木会長が厳かに口を開いた。

「皆さん、お忙しい中、お集まりいただき有難うございます。スケジュールが押しておりますので、早速ですが、会議を始めさせていただきますわ」

副会長が言い足す。

「本日の議題は、前回に続いて、全校生徒参加型のイベント企画についてです。どなたか、ご提案いただける方はおられますか？」

翔也からの引き継ぎなんかあるはずもなく、当然ノーアイデアの俺。そう言えば、さっき見せて貰った庄條さんの議事録に、メモ書きがあった気がしたけど。

横目で庄條さんを見ると、膝の上でそわそわと手を動かしていた。

「はいはーい」

と、軽いノリで挙手をした女子が、猛然と語り始めたので、俺も耳を傾ける。

「えっと。最近、うちのクラスで話題になってるんですけど、みなさん、呪いの曲って知ってます?」

今朝、ウチのクラスでも女子たちが騒いでいたアレか。確か曲名は……。

「――『ロキ』のことですか?」

と、黒木さんが、睨みをきかせる。

「そうです！　会長もご存じなんですね～」

不愉快そうな表情で、黒木さんが腕を組む。

「それで、その曲がどうしたとおっしゃるのですか?」

「えっ……いや、その動画を見つけ出して、本当に呪いが起こるのか、鑑賞会を開いて検証しちゃう的な企画とか面白くないですかね?」

自信ありげに、発言者は皆を見回す。

しかし、すかさず会長が、バンッと手の平を机に打ち付け、

「バカバカしい！　呪いなんて迷信に決まっていますわ！」

あまりの剣幕に、提案した女子どころか、出席者みなが萎縮してしまう。

「そ、そうですよね～出直しまーす」

まあ、リア充が好きそうなイベントだな。

俺にはそれほど悪くない企画に思えたが、少々内輪ノリが過ぎる気もするのは確かだ。

そもそもあんなのは、ただの都市伝説に違いない。

のっけから鬼軍曹に一喝されてしまい、会議室はとても発言できる空気ではなくなってしまった。皆が唾を飲み込む音さえ耳につく、しんとした空間。

そんな重苦しい空気の中、颯爽と立ち上がった女の子がいた。

「クックックッ。いよいよ、我の出番が来たようだな」

それは庄條さんだった。俺は驚いて、彼女の横顔を見上げる。

「あなたは、庄條さん、でしたっけ？」

黒木会長のハスキーボイスがじっとりと肌にまとわりついてくるかのようだった。庄條さんは会長の鋭利な視線に怯み、思わず口を歪める。

しかし、自分を奮い立たせるように手で胸を叩くと、覚悟を決めて話し始めた。

「いかにも。我はこの世界の闇を統べる者、名は庄條澪である。しかし、我はクラスに眷属がおらん……あっ、眷属というのは、いわゆる友達と呼ばれるやつだ。今日までずっとだから、我はこの文化祭で、今度こそ眷属を獲得するつもりだ！」

眷属を作ろうと頑張ってきたが、誰も我が闇の波動を受け止められる者はいなかった……

クラスメイトの熱弁に、俺は戸惑っていた。

彼女が俺を眷属と呼んだのは、友達になって欲しかったからなのだろうか。

「聞け、皆の者！　我らが、この学園で共に過ごした時間を形に残そうではないか！　眷属たちと色んな店舗を回って、映える写真をたくさん撮り、世に自慢したくはないか！」

庄條さんの唇は震え、眦には涙が滲んでいた。思わず俺も感極まりそうになる。

どれ程の覚悟を持って、彼女は立ち上がったのだろうか。こんな大勢の前で、自分の内面を曝け出すには、相当な勇気が必要だったはずだ。

俺がそう感じるのには理由がある。卒業すれば、俺がこの学校にいたことなんて、きっと誰も思い出してはくれないだろう。そう思ったからこそ、俺は文化祭のステージに立ちたかったのだ。律人と翔也の力を借りて、俺がここに生きていることを、俺に見向きもしない奴らに知らしめたい。

だから、やはり庄條さんと俺は、少し似ているのかもしれない。俺たちはこの学園生活に、自分という存在を刻みつけたいのだ。

庄條さんは両瞼を震わせ、黒木会長を見据える。

「だから、我が提案したいのは、皆の最高の自撮り写真を送ってもらうコンテスト……イベント名は、『セルフィ』なんて、どうだろうか？」

庄條さんの想い(おも)を聞き、周囲はざわつき始める。

「それ、青春してて、けっこうイイんじゃね？」

「だよね！　写真はＳＮＳでシェアしたりぃ」

「じゃあ、コンテスト用のアカウント作って、ＤＭしちゃえば良くね？」

と、好意的な意見が大半のようだった。

弛緩(しかん)した場の空気に絆(ほだ)されるように、黒木会長も口角を上げる。

「なるほど。それなら、色んな店舗を回るきっかけになって、文化祭に活気が出そうですわ。それに、私たちの楽しむ姿を、親御さんたちに発信することもできますし」

俺は面食らった。初めて黒木会長が笑ったところを見た気がする。

「クックックッ……理解いただけたようだな」

会長が頷(うなず)くと、副会長が立ち上がり、

「異議のある方はいらっしゃいますか？」

黒木さんが続く。

「反対意見が無いようですので、『セルフィ』を採用と致しますわ」

自分の企画が通り、庄條さんは安堵(あんど)してスマホを胸に押し当てる。

「みんなと、良い写真が撮れるといいな」

俺が笑い掛けてやると、庄條さんがスマホを机に置き直した。

「ふんっ……眷属は何人いても困らんからな」

だが、チラリと彼女の待ち受けの写真が目に入り、俺は違和感を覚える。

「へえ……庄條さんって、自撮りを壁紙にしちゃう人なのか」

案外ナルシストなところがあるんだな。だから『セルフィ』だったのか？

「でも、何でパジャマなんだ？」

それにその写真の庄條さんは、どうも顔色が悪いように見えた。わざわざ壁紙にするような写真には思えないのだが。

「クックックッ……覗きとは看過できんな」

「ごめん、そんなつもりじゃなかったんだけど」

「まあ、これは、あたしですよ」

と、認めたっきり、庄條さんは黙り込んでしまった。

はて、普段と違う口調だったので、どこか引っ掛かってしまった。

俺は彼女の言葉がやけに耳に残り、会議が終わるまでの間、ずっと気になっていた。

教室に戻る道すがら、庄條さんは、ふふんと鼻歌を歌い上機嫌だった。文化祭に向けて、胸を弾ませているのだろう。

そんな和やかな光景を横目で追いながら俺も、悪い気はしていなかった。

教室に着くと、俺はすぐにロッカーの上に寝かせていたギターケースを肩に掛ける。

「よいしょ、っと」

そして、庄條さんに向き直る。

「じゃあな、庄條さん。俺、先に帰るわ」

庄條さんが、まじまじと俺を見つめている。うん？　どうしたんだろうか？

「ほう。君も、ギターを弾くのか」

「えっ？　ひょっとして庄條さんも、楽器やる人？」

「クックックッ。まあな」

「なんだよ。それなら声を掛けてくれたら良かったのに」

すると庄條さんは、どこか寂しそうに笑顔を向ける。

「いや……最近めっきり、ギターは弾いておらん」

なんて聞き返せばいいか、俺は悩む。

何かワケありという顔をしているが、庄條さんが自分から言わないのなら、こちらは踏み込まない方が、彼女のためなんだろう。

でも、この時、俺はなぜか、魔が差してしまった。

「じゃあさ、これ弾いてみるか？」

俺はギターケースからギターを取り出して、庄條さんに手渡す。

「えっ？　いくら眷属とはいえ、そんな大事なもの、受け取れんわ」

「遠慮しなくていいって。それに俺も最近、バンド活動はご無沙汰でさ。音楽の話を出来て、ちょっと嬉しいんだよ」

どうしてかは分からない。

だけど、俺は彼女の演奏を、無性に聴きたくなったのだ。

「クックックッ。そこまで言うのなら、弾いてやらんこともないわ……」

そう言って庄條さんは手近な椅子に座り、俺のギターを腹に構える。

「あっ、ピック使うか？」

「うむ……では、ちょっとだけだぞ？」

庄條さんがピックでボディを叩き、カウントを取る。

「ワン、ツー、スリー」

スリーカウントをしたところで、庄條さんが弦を弾く。

俺は耳を疑った。彼女の演奏が想像より遥かに上手だったこともある。だが、一番驚いたのは、そこじゃない。彼女の演奏した曲が、俺の大好きなロックソングだったからだ。

前にも誰かがステージでカバーしていたのを聞いたことがある気がした。

アンプに繋いでいないにも拘らず、癇癪を起こした赤ちゃんみたいに騒がしいビート。

彼女の指はフレットの上を気まぐれに滑る。そのじゃじゃ馬の音色を耳にして、俺は本能的に頭を振りたくなったが、ぐっと堪える。

「こ、こんな感じだ……」

サビまで弾き終え、庄條さんが手を止める。

こんなに上手いのだから、もう少し堂々とすればいいのに、唇を結んで耳朶まで真っ赤にしている。俺はパチパチと手を叩き、庄條さんを賞賛する。

「謙遜しなくていいよ！　すげえ上手じゃん！」

「褒め過ぎだ!?　ミスも多々あったし、別に大した演奏ではないだろう……」

「マジすごかったって！　ってか、何でこんな曲知ってるんだ？　俺たちが生まれる前の曲だろ？」

「我の父親がロック好きだったのだ……だから、小さい頃からいつもこの曲が家で流れていた……」

「なんだよ、それ。もっと早く仲良くなっていれば、たくさん音楽の話できたじゃん！」

「落ち着け、眷属よ……ち、近いぞ……」

勢い余って前のめりになってしまった。

「ご、ごめん」

「気にしなくても良い……それより、これは返しておく」

そう言って庄條さんが首からストラップを抜いた。その時、ボディが何かに引っ掛かってしまった。そうしてポケットから落ちたものは、彼女のスマホだった。

「おい、落としたぞ？」

俺は彼女のスマホを拾ってやる。すると、画面には、ある動画のサムネイルが立ち上がっていた。そこに表示されていたタイトルは——。

「あっ、待て⁉　それは見ちゃいけない！」

「えっ？　これって……」

ドクンと、俺の心臓が鳴る。ふっと胸に浮かび上がる好奇心と、遅れて湧いてくる物恐ろしさ。

「返すのだ！」

庄條さんは、がさつに俺の手からスマホを奪い取ると、正面に向き直った。

「庄條さん、それってまさか、アレじゃねえよな？」

庄條さんは目を泳がせる。

「クックックッ……そのまさかかもしれない、と言ったら？」

「じゃあ、あの『ロキ』なんだな？」

庄條さんが、こくりと首肯した。

「さっき、会議でも話題に上がっただろう？　だから、深淵を覗いてやろうと、興味本位で検索してみたら、見つけてしまったのだ……それからなぜかこのサムネイルがどうやってもホーム画面から消えなくて、困っておるというわけだ」

「サムネイルが消えない？　それ、再起動はしてみたのか？」

「もちろん試したが、どうにもならんのだ……」

「故障じゃないのかよ？　携帯ショップに持って行った方が……」

その時、俺たちは、ある異変に気付いた。

——動くはずのない物が、動いたのである。

張り付いた紙で素顔の隠れた、パーカーを着た少年のサムネイル。ギターを構える静止画のはずのその彼が、まるで意思を持っているかのように、不遜に笑った。

「見たか、眷属よ……？　いま、このサムネ、笑わなかったか……？」

庄條さんの唇が震えている。かくいう俺も、教室に一人残されていたら、叫んで逃げ出していたかもしれない。

「そ、そうか？　見間違いじゃね？」

俺は認めたくなかった。

「どうだろうか、我が眷属よ。一つ提案があるのだが」

庄條さんが醸し出す物々しい雰囲気に、俺は固唾をのむ。

「な、何だよ……？」

庄條さんは強張った顔で、俺に問い掛ける。

「──『ロキ』を聴いてみないか？」

俺は答えあぐねる。

「何でそんな話になるんだよ……？」

「君は興味がないのか？　──本当に呪いが存在するのか」

こいつ、好奇心が旺盛すぎるだろ……。

勿論、俺は呪いがあるなどと信じていない。曲を聴いただけで呪い殺されるなんて理不尽な話があってたまるもんか。でも、サムネイルの少年が薄ら笑うところを目の当たりにしてしまった。たとえそれが、目の錯覚だったとしても気味が悪い。

「俺は興味ねえよ……」

「クックックッ。日和ったか」

挑発されているのかと思って、ムッとしてしまった。

「怖いわけじゃねえよ。でも、ほら。どうせきっと、途中で変な画像に切り替わって、ビックリさせる系の動画だってオチだろ」

「クックックッ。怖気づく気持ちも理解できるぞ。我も一人で聴く気にはなれんからな。でも、二人なら平気だと思わんか？　それに、再生したら、このサムネイルも消えるのかもしれんしな」

即答できなかった。でも、女の子にこんな風にお願いされては、男として断れる気がしない。

「はあ……分かったよ。そっちこそ、一人で観るのが怖いなら、素直にそう言ってくれ」

「恩に着るぞ、眷属よ」

「構わねえよ。こちとら、迷惑を掛けられるのは、律人と翔也で慣れてるんだ」

俺が了承すると、庄條さんは頷き、再生ボタンに指を寄せる。

「でも、この『ロキ』の動画タイトルに載っている歌い手の白雪舞輪って、有名な女の子なのか？　聞いたことがない名前だけど」

「我も、さっき検索して初めて知ったがな……」

「だよな？　いつからこの曲に呪いがあるなんて言われるようになったんだろうな。ひょっとして動画をバズらせるために、本人が噂を流布したんじゃねえの？」

「それが真相だったら……オカルトファン的にはガッカリだ」

そう言いながらも庄條さんは、頬を引き攣らせる。というか、庄條さんはオカルトファンなのか。まあ、見た目通りではあるけど。

「もう後には退けないぞ……？」

「ああ、大丈夫だ。きっと変なことにはならねえって」

「だといいがな……では、いくぞ？」

「おう……」

とうとう庄條さんの指の腹が、液晶画面をタップする。

すると――

「あなた方、もう下校時間は過ぎておりますのよ？」

俺たちの背後から声がした。

「「うわぁ!?」」

と、二人の悲鳴がハモる。

「た、小鳥遊くん、出ちゃいました!?　出ちゃいましたよぉ!?」

庄條さんが腰を抜かして床に尻餅をつく。

「何ですか、失礼な人たちですね。まるでオバケでも出たみたいに」

声の主は、黒木真琴だった。

「な、なんだ。黒木さんか……おどかすんじゃねえよ」

「そちらが、勝手に驚いただけでしょう」

会長は、庄條さんの落としたスマホを拾って、

「まさかとは思いますが……あなた方、『ロキ』を聴こうとしていたわけではないですよね？」

俺は庄條さんと顔を見合わせる。

「そ、そんなわけねえだろ」

俺が答えると、黒木さんは溜め息を吐き、スマホを庄條さんに差し出した。

「それならいいんですの。まったく最近は皆さん、呪いだ、何だとうるさいもので。あまり騒ぎが大きくなるようですと、生徒会から注意喚起せざるを得なくなりそうですから」

「クックックッ、生徒会も大変なのだな。拾ってくれて、礼を言う」

が、受け取った庄條さんは、そそくさとポケットにスマホをしまう。

「じゃあ、庄條さん、行こうか？」

「うむ、そうしよう」

こうして俺たちは黒木さんを見送り、教室に施錠をして、下駄箱に向かうのであった。


廊下を歩きながら、二人で会話を続ける。

「生徒会も警戒するくらい、『ロキ』の噂って学校中に広がってるんだな」

「クックックッ。みんな、この手の噂は大好物だろうからな」

下駄箱に到着し、俺はふと思い出した。

「そういえば、さっきのサムネイルはどうなったんだ？」

「あっ！　すっかり忘れていたぞ」

と、庄條さんがスマホを取り出した。

「あれ……？　サムネイルがホーム画面から消えておる？　ほら？」

「マジで？　おお、ホントだな……」

こりゃ、どういう理屈なんだろうか。やっぱりただのバグだったのか？

「スマホの調子が悪くて、消えなかっただけじゃねえの？」

「腑に落ちんが……そうだったのかもしれん」

「それとも庄條さん的には、本当に呪いのせいだった方が面白かったか？」

「まさか……呪いなんか、あっていいことなんて一つもないさ……」

「まあ、そうだよな」

ちょっと意地悪な質問だっただろうか。

と、急に庄條さんが立ち止まる。眉をひそめて、何やら前を気にしている様子だ。

「なあ、眷属よ？　あの者たち、何か様子が変ではないか？」

「変って何が？」

廊下の反対側から、こちらに向かってくる女子の姿が確認できた。二人連れなのだが、言われてみれば、どうも不自然な歩き方に見える。

腕を振子みたいにぶらぶら揺らして、バットのようなものを引きずりながら前進する。まるで糸で操られる傀儡かのような、ぎこちなさ。どことなく表情に覇気はなく、目は虚ろである。

「あの子は……さっき会議に出席していた者ではなかったか？」

「えっ？　あっ、本当だな」

そうだ。冗談めかして、『ロキ』の鑑賞会なんて物騒な提案をしていた子じゃないか。

ただならぬ雰囲気を纏った二人組は、俺たちの眼前でピタリと足を止めると、

「ねえ……？　そこのお二人さん……？」

首を直角に傾け、ボソリボソリと言葉を刻む。この世の物らしからぬ低い声色。焦点が合っていない目は、どこを見ているかも分からない。俺の毛穴がゾワッと開いていく。

「君たちは……付き合ってるの？」

俺は庄條さんと顔を見交わす。彼女は青ざめて、ブンブンと首を振る。恐怖で声も出せないようだった。

その異質な二人連れは、ダンッとリノリウムの床を鳴らして催促してくる。

「俺たちが付き合ってるわけねえじゃん……なあ？」

と、咄嗟に俺は答え、肘でコツンと、庄條さんの腕を突く。庄條さんは俺を一瞥して、

「うむ……彼は我が闇の眷属であって、我らが番であるなど、笑止千万だ」

と、続けた。

湿った黒目が俺たちに向けられ、ジトッとまとわりつく視線が射すくめる。

怖いのに目を逸らせない。少しでも彼女らの神経を逆撫でるようなことをすれば、どん

な目に遭うか分かったもんじゃないからだ。

　会議からのこの短時間で、彼女たちの身に何かが起こったのは明白だった。

　一つだけ分かっていることがある。こいつらはマトモではない。

「ふーん……ホントに恋人じゃないんだ？」

「本当だって！」

「ホントかなぁ？」

「だから本当だって言ってんじゃん……」

　俺が答えると、憎しみを孕(はら)んだ形相で、彼女たちが首を元に戻し、

「うそつき！」

　と、怒鳴りつけてきた。

　あまりの大音声に、逆立った全身の毛の揺れまで感じることができた。

「青春なんてクソクソクソ……幸せな恋愛なんて許さない！　許すもんか！」

　見開かれた目は、怨恨の末に人を殺(あや)めた鬼女のよう。そして、そいつは手に持った金属バットを振りかぶる。おいおい。マジで殴る気かよ!?

　やけに時間の流れがゆっくり感じられた。これ、走馬灯ってやつじゃないのか？　俺の脳裏には、律人(りつと)、翔也(しょうや)と三人で立った、いつかのライブハウスのステージの映像が蘇(よみがえ)ってくる。

こいつらは、理性など何処かに置いてきたのだろう。まっすぐ自分に近づいてくる凶器。

くそっ、こんなところで死んでたまるかよ。そう思うと体が勝手に動いていた。

「危ねえ！」

俺は咄嗟に庄條さんを突き飛ばす。

「眷属よ!?」

俺は身を捩って、間一髪で振り下ろされたバットを避ける。

カンッ！　と、凄まじい金属音が廊下に響いた。そして、俺はその隙にそいつらを全力で突き飛ばし、何とか距離を取ることが出来た。

「何がどうなってるんだよ……」

俺がこいつらに襲われる理由なんて思いつかねえ。

だが、どうやら彼女たちの殺意は、本物みたいだ。

襲撃者と化した少女は体勢を立て直すと、ケタケタと笑い始める。

そして、常軌を逸した笑みを浮かべる二人は、こう声を揃えた。

「「――ロキロキロックンロール！」」

その言葉を聞いた瞬間、俺の頭を過ったのは、薄気味悪い含み笑いをしたサムネイル。

あの少年の顔だった。

　呪いなんて非現実的だ。俺はそう思っていた。今、この瞬間までは——

「庄條さん、逃げよう！」

「ダ、ダメだ……足が竦んで動けないのだ……」

　俺は庄條さんの手を取る。

「行くぞ！」

　だが、その時、彼女の手首に巻かれた包帯の先を指で引っ掛けてしまう。庄條さんは解けかける包帯を掴み、

「やめて！」

　と、語気を強めた。

「えっ？　すまん……」

　理解が及ばなかった。なぜか、俺は庄條さんに一喝された。包帯の下には、見られたくない傷でもあるのだろうか。いや、そんな想像をしている場合ではない。俺は指の包帯を払い、彼女の両肩に手を置き、

「庄條さん、歩けるか？」

　力一杯、彼女の体を引っ張り寄せ、強制的に走り出させる。

「大きな声を出して、すまなかった……」

「気にすんな。それより、どこか安全な場所を探そうぜ」

二人組は、フラフラと俺たちの後を追ってくる。ゾンビ映画で散々観た光景だな。あんな造り物の世界を体験できる日がくるなんて。感動もへったくれもあったもんじゃない。

「眷属よ、今日は二階の移動教室が開放されているはずだぞ？」

「庄條さん、ナイスだぜ！　あそこなら内鍵が掛けられるもんな」

そうして階段を上り、教室の戸に手を掛ける。

「良かった。まだ開いてる」

中に入ると、幸い誰もいないみたいだった。すぐに内側から施錠し、俺は庄條さんと二人で床にへたり込む。何とか逃げ切れたのだろうか。

「なんなんだ、あの者たちは……？　どうして我らを殺そうとしておるのだ……」

膝を抱え、震える庄條さん。

「俺たちが狙われている理由は分からねえけど……たぶん、本当にあるんじゃねえか？」

「あるとは、何がだ？」

「――『ロキ』の呪いだよ」

俺がそう口にした途端、強烈な破裂音がして、鼓膜が震えた。

目の前に散らばる、キラキラとした破片。

振り返ると、戸のガラスが割れて、廊下から覗く、コロコロとした二つの目玉。

「みーつけた」

庄條さんは緊張の糸が切れたように、

「きゃぁぁ」

と、奇声を上げ、とうとう泣き出してしまう。

「もう勘弁してくれ！　我らが、何をしたと言うのだ！」

そう言って庄條さんは、ガラスの破片を手ですくい、吹き抜けになった戸の枠を目掛けて投げつける。

「おい、そんなの素手で触ったら危ないって！」

俺の心配の通り、彼女の手の平には小傷ができ、滲んだ血が真っ白だった包帯を徐々に赤く染めていく。

「ヒッヒッヒッ！　青春なんて終わらせてあげる！」

襲撃者たちは、ガンッと、何度もドアに足を叩きつける。このままでは蹴り破られるのも時間の問題だろう。ちくしょう、どうすればいいんだよ？

「青春なんてクソ！　クソなのよ！」

襲撃者はそんな呟きを、うわ言の様に繰り返している。

俺は庄條さんを見やる。まずいな、かなり疲弊しているようだ……。

そりゃそうだ。バットを持って追い掛け回してくる奴なんて、正気の沙汰じゃねえ。

「庄條さん、聞いてくれ。俺が出て行って囮になる。庄條さんは、その隙に逃げろ」

「えっ？　でも？　それじゃあ、君が危険じゃないか」

「今は俺のことは考えなくていい。自分のことは自分で何とかする。だから、庄條さんも、自分が逃げることだけを考えてくれ」

「眷属よ……」

「じゃあ、鍵を開けるぞ」

俺が鍵を開け、引き戸を引く。その瞬間、視界にバットが迫ってくる。

「ちくしょう！」

俺は反射的に後ろに跳んだ。鼻先を掠める凶器が床にぶつかるタイミングを見計らい、俺はバットを足で払う。すると、意表をつかれた彼女の手からすり抜けたバットは、甲高い音を上げて、床に転がる。

俺は勢い任せに、襲撃者に向かってタックルし、押し倒す。

「庄條さん、今のうちに！」

「眷属よ、必ず助けを呼んで戻ってくるから、無事でいるんだぞ！」

庄條さんの背中が消えていく。ひとまず庄條さんを逃がす作戦は成功だ。

「さて、どうしようか？」

俺が立ち上がると、襲撃者ものそりと起き上がってくる。

「青春なんてクソなのよ！」

彼女の両手が俺の喉に伸びる。それを俺は躱せなかった。

「がはっ……」

やばい……。息ができねえ……。

俺はそのまま持ち上げられてしまう。足をバタつかせ、ギブアップとばかりに彼女の手をタップするが、こちらの要求など、当然聞き入れてくれるはずもなかった。

「くそっ……これでもくらいやがれ！」

俺は襲撃者の腹に蹴りをお見舞いする。

次の瞬間、彼女の握力が緩み、俺の体は宙に投げ出された。床に倒れた拍子にポケットからスマホが転がるのが見えたが、拾っている暇はないだろう。

よろけた襲撃者はそのまま机に後頭部を打ち付け、ガクリと意識を失ったようだ。

「いててて……何とか、やっつけたか？」

だが、俺は油断していた。

「青春なんて……」

そうだ。敵は、もう一人いたのである。

気配のする方を振り向くと、激昂した襲撃者が目を真っ赤に血走らせ、拾ったバットを振りかぶっていた。どうやったってこれは避けられそうにない。

「クソだって言ってるでしょ！」

ああ、ホントだよ。俺の人生って、クソだったな――

と、俺が目を閉じた時だ。

『やめろ！』


どこからともなくそんな声が聞こえた。

しかし、この教室で意識があるのは、俺と目の前の襲撃者、二人だけのはずだ。

彼女は動揺したのか、宙でバットを構えたまま、フリーズしている。

俺は辺りを見回すが、やはり人影など見当たらない。だが、この時、彼女の視線の先が、床に落ちた俺のスマホに向いていることに気付いた。

すると、驚くことに、襲撃者がガクガクと膝を震わせたかと思うや、泡を噴いて床に伏した。

俺のスマホを見るなり、敵は勝手に倒れてしまったのだ。

「何が起こったんだよ？」

俺は唖然（あぜん）として、床に転がったスマホに目をやる。

その液晶画面には、一人の少女が映っていた。

Stop!

艶やかなパープルの髪を短いツインテールに結い、両目は前髪で塞がれている。首に掛かったヘッドフォン。そして、彼女は、Tシャツとショートパンツというボーイッシュな出で立ちをしていた。

『あれ？　どうしてボクはこんなところにいるんだろうか？』

スマホの中から、彼女が語り掛けてくる。

俺は驚愕を禁じ得ない。だって、その少女は、俺のスマホの中を、ちょこまかと自由に動き回っているのだ。

ホーム画面のアイコンにぶら下がってフザける姿を見れば、彼女が誤って再生されたライブ配信の動画などではないことが窺える。

「お前、誰だよ？　何で俺のスマホの中にいるんだ？」

『すまない、自己紹介が遅れたね。ボクは白雪舞輪……えっ？　スマホの中？　ここは君のスマホの中ってことかい？』

勝手に現れておいて、何を驚いているのだろうか。

「ちょっと待て……いま、白雪舞輪って言わなかったか？」

『うん、言ったね』

「白雪舞輪って言えば、『ロキ』の歌い手じゃねえか……」

そうやって俺が立ち竦んでいると、

「眷属よ、先生を呼んできたぞ！　ほえ、これはどうなっておるのだ……？」

庄條さんが、素っ頓狂な声を上げる。

「君が二人をやっつけたのか？」

庄條さんは、眠っている女子たちを不思議そうに見つめる。

ふと、スマホを見ると、相変わらず白雪舞輪が険しい顔をしていた。

どういうわけか、彼女は俺のスマホに住みついてしまったらしかった。

※

「まったく。今日は散々な目に遭っちまったぜ」

帰宅した俺は、ドカッと椅子に座る。疲労感が半端なかった。そして、スマホを裏返して机の上に置く。画面を占拠する白雪舞輪にせかせか動かれると、気が散るからだ。

俺は天井を見上げ、自分の身に起きた恐怖体験を振り返っていた。

「やっぱり『ロキ』の呪いは、実在するっていうことなんだよな」

先程の襲撃者たちは、「ロキロキロックンロール」なんて言葉を叫んでいた。

「だとしたら、呪いって人間を肉体的に殺す物じゃなくて、精神的に支配する物なのか？」

俺が推理に耽っていると、スマホから、間の抜けた声が聞こえた。

『ねえ、呪いって何のことだい?』

白雪舞輪が俺と会話をしたいようなので、仕方なくスマホをひっくり返す。

「おそらくお前が気絶させた二人は、『ロキ』って曲を聴かされて凶暴化したんだ」

『ふーん、「ロキ」ねえ』

「『ロキ』の歌い手は、なぜかお前と同じ名前なんだよ。なあ? 『ロキ』って曲に、何か覚えがないのか?」

『すまない。まったく心当たりがないんだ』

「しらばっくれてるわけじゃないんだよな?」

白雪舞輪は口を尖らせる。

『信じてくれないのかい? ボクには、ここに来るまでの記憶が無いんだよ』

「悪い。お前を疑ってるわけじゃねえんだよ」

『自分が誰なのかさえ分からないなんて、君が想像するよりも辛いことなのさ……』

これだけ激しく落ち込む様子を見るに、こいつが演技しているとは到底思えない。

『ボクは何者で、その「ロキ」の呪いとやらと、どう関係があるんだろうか?』

考えてみれば、そりゃそうか。いきなり記憶を無くして、スマホの中に閉じ込められたわけだ。自分に置き換えれば、そんな状況、心細いに決まっている。

「安心しろ。俺が一緒に、お前の素性を調べてやるよ。だから、そんな暗い顔すんな」

『いいのかい？　じゃあ、君の優しさに甘えさせてもらおうかな……あっ、そういえば』

突然、白雪舞輪が口に手の平を当てた。

「なんだよ？　何か思い出せたのかよ？」

『いや、うっかり君の名前を聞きそびれていたと思ってね』

「ああ、俺か？　俺は、小鳥遊六樹だよ」

『そうか、小鳥遊六樹くんか。うん、いい名前だね。是非よしなに』

こうして俺は、謎多き少女である白雪舞輪と、奇妙な協力関係を始めたのであった。

モノクローム

翌朝になった。登校して席に座った俺は、普段と変わらないクラスメイトたちの顔を見ながら、不思議な心地だった。だって、未だに信じられないのだ。

人間が、あんな風に見境を無くしちまうなんてことが……。

ひょっとしたら、このクラスメイトたちだって、俺に襲い掛かってくるかもしれない。

そんな事を考えて、俺は身震いしていた。だが、気掛かりなのは、ホームルームが始まったと言うのに庄條さんが現れないことだ。

彼女は精神的に参ってしまったのだろうか。そりゃいきなり殺されかけたんだから、ショックで寝込んでもおかしくねえよな。

いつも彼女が座っているスペースが、ぽっかりと空席になっている。俺にはそれが無性に悲しかった。せっかく仲良くなれると思っていたのに。

もし、このまま彼女が学校に来られなくなってしまったら?

「庄條さん、あんなに文化祭を楽しみにしていたのに。気の毒だよな……」

あの後、庄條さんが連れてきた教員に事情を訊かれたが、彼女たちに襲われたという話は、信じてもらえなかった。尤も目を覚ました二人は放心状態だったので、機転を利かせた庄條さんの証言から、喧嘩の仲裁に入った俺が、ガラスを割ったたってことで決着した。

その結果、俺は反省文を書くハメになってしまったのだが……。

冤罪なのに俺が罪を被ったのは、無駄に話を長引かせたくなかったからだ。

彼女たちの異変を含め、昨日の出来事は、理解に苦しむことが多い。

ただ、一つ言えることは——

『何でボクはお腹が空かないのだろうか？』

「知るかよ……」

相変わらず俺のスマホの中には、白雪舞輪を名乗る女の子が居座っているのだ……。

『このアイコンっていうのも、すごく邪魔なんだよね』

机の上に置いたスマホから、ずっと話し掛けてこられるもんだから食傷気味ではある。

「おい、頼むから授業中くらいは、静かにしてくれよ？」

『分かってるさ。でも、ボクのお願いも忘れてないよね？』

「お前の正体を調べるって約束か？　大丈夫だ。ちゃんと協力するから」

『それが聞ければ、安心だ』

人のスマホの中で、ずいぶん嬉しそうにしやがって。

「そろそろ授業が始まっちまう。もうポケットにしまうからな。大人しくしてろよ？」

『了解さ』

俺はスマホをポケットに入れる。

さて、ホームルームが終わった。この後、五分間の休憩を挟み、一限目の授業が始まる。

あいつ誰と喋ってんだ？　そんな衆目が集まってきたので、俺は黙った。

昨日からこんな調子で白雪舞輪の相手をしてやっているのだが。正直、子供の世話をさせられているみたいで、うんざりしていた。

「おはよう、六樹！」

突然ガシッと首に腕を絡められる。見れば、翔也だった。

「なんだ、翔也か」

「昨日は悪かったな。大丈夫だったか？」

「えっ？　うん、まあ……」

俺は煮え切らない返事をしてしまう。

「何だよ、その反応……まさか、黒木会長に何かされたのか？」

「はあ？　何でそんなこと聞くんだよ？」

「いやまあ、そうだよな。悪い、こっちの話だ……忘れてくれ」

そうして翔也と話している時だった。

てっきり欠席すると思っていた庄條さんの姿が視界の端に入り、俺は思わず立ち上がる。

「あっ、庄條さん」

横で翔也が、虚を衝かれたという顔をしている。

「あれ、六樹？　お前、もう庄條さんとそんなフレンドリーな感じになったのかよ。意外と隅に置けない奴だな……」

「ち、違うって！　そういうんじゃないからな！」

「そうやって慌てるところが、余計に怪しいんだけどなぁ……」

ゴシップ好きの翔也は放っておこう。俺は庄條さんに駆け寄っていく。

「クックックッ。朝から元気だな、眷属よ」

庄條さんの目の下には大きなクマが出来ていた。

「庄條さん、平気か？　あんまり眠れなかったんじゃない？」

「心配には及ばん。これはクマではない。我の中に潜む闇の力が暴走しただけだ。クックックッ」

包帯の巻かれた手をクロスさせ、庄條さんは目元を塞ぐ。

「まあ、大丈夫そうで良かったよ。そうだ。話は変わるんだけど、庄條さんに相談したいことがあるんだ」

「我に相談だと？」

不思議そうに庄條さんは、小首を傾げる。

「クックックッ。我が眷属よ、よもや話す相手を間違えたのではないか？」

「いや、庄條さんにしか頼めないことなんだよ」

「そ、そうなのか？　ふむ。ならば、仕方ないな……」

なぜか彼女の頬（ほお）が赤らんだ。何を照れているんだろうか？

「じゃあ、昼休み、屋上でどうかな？」

「了解だ……た、楽しみにしているぞ」

「うん？　楽しみ？」

言い終えると庄條さんは、そそくさと席に向かってしまった。

はて？　相談ごときで、そんなウキウキしちゃうものなのだろうか？

得心いかないまま、俺も自分の席に戻る。

「やっぱり怪しい雰囲気じゃん……」

「だから違うって！」

いつもの仕返しと言わんばかりに、翔也にしつこく冷やかされ、不機嫌（ふきげん）になる俺だった。


午前中は平穏に過ぎていき、約束の昼休みを迎える。

俺たちは別々に教室を出て、屋上に向かった。

階段をのぼり、ドアを開けると、庄條さんは先に到着していた。

俺が声を掛けようとした瞬間、フェンス越しに強烈な風が吹き抜けていく。煽（あお）られた庄條さんの後ろ髪が跳ね上がり、スカートの裾がヒラリと揺れる。

　どこか物憂げで繊細な横顔に、俺は言葉を失う。

「クックックッ。我が眷属よ。そんなところにボーッと立って、どうかしたか？」

「いや、庄條さんが考え事をしてそうだったから、話し掛けていいのかなって」

「構わんぞ。風が気持ち良かったので、少し当たっていただけだからな」

　庄條さんが、こちらに体を向ける。

「で、相談というのは、何だろうか？」

　なぜか庄條さんは困ったように髪を掻き上げて、耳に引っ掛ける。そして、胸の前で拳をギュッと握った。

　俺は庄條さんに向かってゆっくり近づき、ポケットからスマホを取り出す。

「オカルトファンの庄條さんなら信じてくれると見込んで、聞いて欲しいことがあるんだ」

「なんだ……呪いに関する話だったのか」

「うん？　何でガッカリしてるんだ？」

　庄條さんは、少し口を尖らせている。

「こちらの話だ。気にするでない。だが、スマホか……」

　庄條さんの顔が強張る。昨日のトラウマが蘇ってしまったんだろう。

「ちょっと、これを観て欲しい」

俺がディスプレイを見せると、庄條さんは怪訝（けげん）な顔で覗（のぞ）き込む。

「ほう、これは何の動画だ？」

しかし、みるみる庄條さんの顔が青ざめていく。

「眷属よ、おかしいぞ！　どんな技術を駆使すれば、スマホの中で自由に動き回れるのだ？」

すると、白雪舞輪（しらゆきまろん）が身を乗り出し、顔がアップになった。

『やあ、初めまして。小鳥遊（たかなし）くんのお友達かい？』

突然、スマホの中の少女に話し掛けられた庄條さんは、目をしばたたく。

無理もない。俺も慣れるまでには、時間が掛かったもんだ。

「この子は、我に向かって喋（しゃべ）り掛けているのか……？」

「そうなんだ。先に言っておくけど、ビデオ通話とかでもないぞ？」

「だったら、どのようなカラクリなのだ？」

「理屈は分からねえ……俺のスマホに、白雪舞輪が住みついちゃったみたいな？」

「し、白雪舞輪？　それは、呪いの曲の歌い手じゃないか？　なんだって、そんな子が、君のスマホに現れたのだ？」

「それが分かれば、相談なんかしてねえよ」

庄條さんは黙り込み、眉間を指で押さえる。そして、しばらく考え込んだのち、

「にわかに信じ難い話だな……ちなみに再起動は出来るのか？」

「いや、何回やっても出来ないんだ……こいつが妨害しているみたいでな」

「そうなのか。それは難儀だな」

と、『ロキ』のサムネが消えないと相談された時とは、立場が逆転した質問を交わし合う。ほとんどデジャヴだ。

「申し遅れた。我は、庄條澪。この世界の闇を統べる者だ。以後、お見知りおきを」

『ふむふむ、珍しい言葉使いの子なんだね。こちらこそ、宜しく』

さて、顔合わせはこれくらいにして、そろそろ本題に移るとしようか。

「ところで、庄條さん。相談って言うのは、この白雪舞輪のことなんだ」

「ほう？」

庄條さんが、俺を見つめる。続けろと言っているようだ。

「昨日の話なんだけど……実は、襲撃者をやっつけたのは、こいつなんだ」

「なんだと？　スマホの中にいる白雪舞輪が、どうやってあの襲撃者を倒すと言うのだ？まさか実体化して、目の前に飛び出てきたのか？」

「そんなアメコミヒーローみたいな話じゃねえって。あいつらの一人が、こいつを見るなり、気絶しちまったんだよ」

「ふむ、その話が本当なら……この子に、呪いに対抗する何か不思議な力があるということとなんだろうか？」

　二人で考え込んでいると、スマホの中の白雪舞輪が会話に割り込んできた。

『何だか、二人して難しい話をしているようだね』

「お前は、のん気でいいよな。なあ？　どんな些細なことでもいいんだが、まだ何も思い出せないか？」

『うーん、すまない。自分の名前以外のことは、これっぽっちも覚えていないんだ』

　庄條さんは肩をすくめる。

「眷属よ。さすがに手掛かりが薄すぎるぞ」

「そうだよな。まずは、白雪舞輪が本当に襲撃者に有効か、検証してみるか」

　ふと庄條さんを見ると、咎めるようなジト目を俺に向けていた。

「ドMなのか、君は？　なぜ、自分から火中に飛び込もうとするのだ」

「何でだろうな。でも、何かが心の中に引っ掛かっているんだ。こいつを助けなきゃいけない。そんな気持ちに駆られるんだ」

『小鳥遊くん……スマホから出られたら、抱きしめてあげたいくらいだよ』

　スマホの中で、白雪舞輪が感激していた。

「やれやれ、こんな安いドラマに胸が熱くなるとは、我も焼きが回ったものだ……分かった。我も難しいことは考えず、君の話に乗ろう。ただし、条件がある」

「何だよ、条件って？」

「我が眷属、小鳥遊六樹よ。何があっても、我のことを護ると約束できるか？」

思いもよらない提案だったので、俺は言葉に詰まった。

だが、冗談ってわけでもなさそうだ。こんな危険なことに首を突っ込ませることになるんだ。俺が庄條さんの盾にならなければ、誰が彼女を護るんだ。

「分かったよ……これからは、なるべく一緒に行動しよう」

俺が言い切ると、庄條さんが破顔する。

「クックックッ、恥ずかしいことを言いよるわ。では、いつ何時も、我の傍にいるがいい」

と、庄條さんは俺から視線を外し、腕で口元を隠す。包帯の白さと頬の赤みのコントラストが鮮明に浮かび上がって見える。

不意に庄條さんの手が、俺のブレザーに伸びる。そうしてお互いの視線が通い合った、その時だった。

「あら、こんなところに居たんですか。随分探しましたよ」

威圧的な声音に、背筋がピンと伸びる。

現れたのは、黒木会長だった。俺は慌てて、庄條さんから距離を取る。

「えっと……何か用か？」

俺が尋ねると、

「あなたではありませんの。庄條さんに用事があるんです」

「なに？　我を探していたのか？」

庄條さんの反応を見るに、特に約束していたわけではないようだ。

「ええ。『セルフィ』の件で、お話がありまして」

ああ、文化祭のイベントの話だったのか。

庄條さんはすっと真剣な面差しになって、

「何か進展が？」

「はい。応募システムのプログラムを、委員会の担当者が組んでくれましたの。早速、何名かから試験的にＤＭを頂いたので、その進捗報告に参りました」

「クックックッ、でかしたぞ！」

と、庄條さんは一目散に、黒木会長に駆け寄る。

自分で提案した企画なのだ。はしゃぎたくなる気持ちも理解できる。

「じゃあ、俺は先に教室に戻ってるな」

「うむ、すまないな」

「いや、いいって。じゃあ、また後でな」

俺が庄條さんに笑い掛け、踵（きびす）を返した、その時だった。

「えっ？」

ただならぬ視線を感じて、俺は身震いをした。

急いで振り返ったが、そこには楽しげに談笑する、二人の姿があった。

「気のせいか？」

そこでふと、俺は翔也の言葉を思い出した——まさか、黒木会長に何かされたのか？

そう言えば、あれは、どういう意味だったんだ？

直感的に俺は、庄條さんを、このまま一人にしない方がいいと思い直す。

「やっぱり二人の話が終わるまで、ここで待ってるよ」

「なんだ、眷属よ。寂しいのか。仕様がない奴だな。では、もう少し待っていろ」

そこからじっくり観察してみたが、特に黒木さんは怪しい素振りをみせなかった。

「うーん、俺の勘違いだったのか？」

黒木さんの立ち姿には、やはりいつもと変わらない凛然たる生徒会長の風格があった。

※

放課後になった。俺は帰り支度をするクラスメイトをよそに、しきりに首を捻っていた。

「もしかして、昨日の連中は黒木さんの差し金だったとか？　いや、まさかな」

あの品行方正を地でいく生徒会長が、そんな暴力行為に及ぶだろうか？　大体、俺は、あいつに恨みを買うようなことは、断じてやってないぞ。

「やめだ、やめだ。こんなもん考えたところで、答えなんか出るわけねえよ。ちょっと肩の力を抜いた方が良さそうだな」

そうして俺が伸びをしていると、庄條さんが近づいてくる。

「どうした？」

「どうだ、眷属よ。色々と策を練る必要もあるわけだし、一緒に下校しないか？」

「ああ、そうだな。相談事もたくさんあるしな」

まあ、じっくり二人で状況を考察する時間も必要かもしれない。それに、庄條さんを護るって約束してしまったしな。

「でも、ちょっと待っててもらえるか？　話をつけてくるから」

ここ最近、まともにバンドの練習が出来ていないんだ。最優先事項であるリハーサルをどうするか、メンバーに確認しなければいけないだろ。

最悪、みんなで練習できるようなら、庄條さんにも参加してもらって、セッションなんかしても面白そうだ。

とりあえず俺は、鞄に教科書を詰めている律人に、声を掛けに行く。

「律人、今日はリハに参加できそうか？」

「ああ……えっと……」

申し訳なさそうに、律人（りっと）は俯（うつむ）いて、

「悪いね、六樹（むつき）……今日も予備校に行かないといけないんだ」

「そうか……」

このやりとりにも、いい加減慣れてきたな。

「最近、うちの学校で不登校の生徒が増えて、問題になってるのは知ってる？」

「まあ、最近チラホラいるとは聞くけど」

「そのせいで、僕の両親も過敏になってるんだ。この埋め合わせは絶対にするから」

「埋め合わせって……そんな時間いつ作れるって言うんだよ？」

俺はモヤモヤしていた。いつまで我慢すればいいんだ。

ほんの一時間でいい。両親の目が厳しいのは重々承知だが、たまには説得してくれたって良いじゃないか。

気が付けば、感情のタガが外れていた。心の底に押し込めていた不満が、ヒステリックに俺のノドを通り過ぎていった。

「分かったよ。じゃあ、もう文化祭ライブの出演は取りやめるか、録音データを流して、マネキンでも立たせとこうぜ！」

言った自分でさえ引いてしまうような嫌味（いやみ）が、口から転がり出る。

「六樹……」

律人が顔を歪ませる。でも、溜めに溜め込んでいた鬱憤は、簡単に引っ込んでくれない。

「そうだ。代わりに庄條さんでも誘うか。昨日知ったんだけど、彼女すごいギターがうまくてさ。ちょっと練習すれば、すぐベースも弾けるように……」

ガンッ。律人が鞄を机に叩きつける。

「それ本気で言ってるんじゃないだろうね？」

律人の言葉を聞いて、俺はふっと我に返る。

何でこんな最低なことを言ってしまったんだろうか。込み上げる後悔で胸が圧し潰されそうだった。こうなることを知っていたから、堪えてきたはずなのに……。

頭ではそう考えても、俺は意地を張ってしまい、なかなか謝れなかった。

すると、先に律人の方が痺れを切らしたようだ。

「僕だって、翔也だって、バンドのことを大事に想ってる。それは本当なんだよ。だから、僕も黒木さんと話し合いを……」

言いかけて、律人は言葉を飲み込んだようだった。

「いや、言っても仕方ないか。六樹の言う通り、全部言い訳かもしれない。ごめん……」

そう言って、深く頭を下げると、律人は目も合わさず立ち去っていく。

取り残された俺は、その場に縫い止められたように動けない。

「あっ、六樹。あれ？　律人はもう帰ったの？」

「ああ……」

翔也（しょうや）が話し掛けてきたが、そんな生返事を捻（ひね）り出すので精一杯だった。

「そっか。あの、オレも今日はダメなんだ。でも、デートとかじゃないんだぜ！」

「理由は言わなくていいよ……」

「えっ？　六樹（むつき）？」

「今日のリハも中止でいいから」

もし翔也の理由とやらが、俺の納得できる代物で無かったら？

きっと俺は大事な物を、壊してしまうと思う。

「えっと……何か分かんないけど、六樹がそう言うならそうするよ。じゃあ、また明日な」

「おう」

教室を出る翔也を見送って、俺は自席に戻る。

みんなにだって、それぞれの事情があるんだ。いつもはちゃんと折り合いを付けられていたじゃないか。どうして今日に限って、こんなにイライラが募るんだよ。

「こんなの、ただの八つ当たりだろ……」

なぜ、あんな嫌味（いやみ）を吐いてしまったんだろうか。悔やんでも、もう遅いと言うのに。

「何かあったのか、眷属（けんぞく）よ？」

間の悪いことに庄條（しょうじょう）さんが話し掛けてきた。

庄條さんが心配そうな目で、俺の顔を覗(のぞ)き込む。

「宇佐美(うさみ)くん、すごく怖い顔をしていたが、喧嘩(けんか)でもしたのか？」

「まあ、そんなところだ」

「いいのか、追い掛けなくて？」

「何て声を掛ければいいか、分かんねえし」

「我が眷属よ。いつからそんな臆病者になった」

「外野はそう言うだろうけどなぁ」

俺が渋っていると、庄條さんが、何かを取り出すのが見えた。そして、それを俺の手の平に置いた。

「ピック……これ、貸したままだったのか」

「昨日、色々あって返しそびれていたのだ」

もしかして庄條さんは、俺にバンドを続けろと言っているんだろうか。

「……律人(りつと)と翔也がいなかったら、俺は今もきっと、ぼっちだったんだよな」

俺はピックを握りしめる。

「ありがとう、庄條さん。もう一回、律人と話してくるから、少し教室で待っててくれ」

庄條さんが、腰の辺りで小さく手を振った。

俺は廊下に出て、律人を追い掛ける。もつれそうになる足を、ただ前に踏み出していく。

おそらく俺の不満がオーバーフローした原因は、庄條さんの演奏だ。

彼女のプレイに触発された俺の心が、音楽を渇望してしまったのだ。

だから、謝らなきゃ。だから、伝えなきゃ。

勿論、マネキンなんかに代役は務まらない。庄條さんには申し訳ないが、俺の隣に立てるベーシストは、宇佐美律人しかいないのだ。

「律人！」

階段の踊り場にいた律人は俺に気付いて、驚いたように目を見開いた。

そして、耳に当てていたスマホを外すと、ディスプレイをタップする。

「そんなに慌てて、どうしたの？」

「さっき言ったこと、全部撤回させてくれ。俺が悪かった！」

「ああ。僕じゃ力不足だから、庄條さんにベースを弾いてもらうって話？」

返す言葉もなく、俺は「グッ」と呻く。

「冗談だよ。ちょうど今、母親に電話をしていたところだったんだ」

「親御さんに何を言ったんだ？」

「せめて文化祭までの数日くらいは、我を通させてもらうよってね」

「律人、それって……？」

「翔也にも伝えておいたから。文化祭までの一週間は、何が何でもスケジュールを空けておけよってね」

「律人、ごめん……俺には律人しかいないんだ」

「おいおい、やめてよ。そういうことは女の子に言うもんだろ」

「そ、そうだな……」

律人が肩をすくめる。

言葉のあやで、愛の告白みたいなことを言ってしまった……。

「これでもちゃんと家での自主練は欠かしてないから。心配しなくていいよ」

「おう、それなら安心だな。とにかく勉強頑張ってこい」

「うん、任せて」

こうして俺たちは、喧嘩別れという最悪の事態を回避する事ができた。


教室に戻ると、庄條さんは座って、机にノートを広げていた。

「すまん、さっきは話が途中になって」

と、声を掛け、俺は庄條さんの隣の席に腰を下ろした。

「ちゃんと仲直りできたのか？」

「ああ、庄條さんの後押しのおかげだよ」

「クックックッ。偉いぞ、それでこそ我が眷属よ」

「さてと。じゃあ、帰ろうか」

だが、庄條さんは神妙な面持ちになり、

「今なら教室には誰もいない。少しここで話していかないか？」

そう切り出した。

「もしかして、呪いのことが、何か分かったのか？」

「うむ……不思議な話があるんだが」

「不思議って、何が？」

「これだけ『ロキ』の噂が、この学園に蔓延しているというのに、なぜ学園を出ると、この話題を見掛けないのだろうか……？」

「言われてみれば、そうかもな。もっと世間的にバズっても、おかしくない話だよな」

「だから、我のネット友達で、『ロキ』に興味のありそうな者に話題を振ってみたのだが」

「思ったより、食いつきが悪かったってか？」

「違うのだ。そもそもどうやっても、『ロキ』が検索で引っ掛からない……」

「検索できない……？　おい、白雪舞輪、ちょっとネット見るぞ」

俺はスマホを取り出した。

『ええっ！　あれ、何も見えなくなるから嫌いなんだよ』

「他人のスマホに勝手に住みついておいて、贅沢言うんじゃねえよ」

そして、俺も『ロキ』を検索してみることにしたが、これが本当に見つからないのだ。

「じゃあ、何で……庄條さんに限って、『ロキ』が検索に引っ掛かったんだよ？」

庄條さんは首を捻る。

「ちなみに、『白雪舞輪』で検索しても、何も引っ掛からなかった」

白雪舞輪が、ネットの検索画面を自らめくって、ひょっこりと顔を出した。

『ちょっといいかな？』

「何だよ？」

『さっきから話を聞いてて、少し疑問に感じたことがあるんだ』

「疑問？」

『もし、ボクが他人を呪う立場だったとしたらだよ？　無差別に呪いを拡散するよりも、もっと効率的に呪いを掛けると思うんだよ』

「なるほど。『ロキ』の動画は、呪いに掛ける者を選別しているって、言いたいのか？」

庄條さんが続く。

「クックックッ。面白くなってきた。つまり『ロキ』の動画には、意思があるということか」

「『ロキ』が、意思を持つ動画？　じゃあ、呪いを拡散しているのは、あのサムネの少年か、もしくは……」

『歌い手であるボクかの二択に絞られるよね』

俺は不安そうな白雪舞輪に言う。

「捉え方によっては、お前の意思が、仲間である俺たちに呪いを掛けないように、検索を拒んでくれている、って解釈も出来るけどな」

『小鳥遊くん……君が親切すぎて、逆に申し訳なくなってきたよ』

「気にすんな。俺たちが、お前の秘密を暴いてやるよ」

柄にもなく気障なことを言ってしまった。何だか恥ずかしくなってきたぜ。

と、庄條さんが、何やらノートにペンを走らせて、話し始める。

「情報を整理しよう。動画に意思があると仮定すると、この学校でだけ『ロキ』の噂が拡散されていることに、どんな意味が生まれるだろうか？」

俺は頭を抱えた。

「分かんねえな。うちの学校だけが呪われているってことなのか」

「まあ、もっと詳しく調査する必要はありそうだが。クックックッ」

「だったら、とりあえず昨日の二人に話を聞いてみないか？」

「眷属よ、まさか昨日の襲撃者に接触するつもりか？　また同じ目に遭う可能性だってあるんだぞ？」

「でも、白雪舞輪が呪いの対抗手段だとしたら、あいつらにどんな作用が働いたのか、この目で確かめてみたいんだ」

『そういうことならボクも、なぜ、あんなことをしたのか、彼女たちと話してみたい』

庄條さんが嘆息する。

「はあ……我はどうなっても知らないぞ？」

「よし、決まりだな」


かくして、俺は一人で職員室に向かった。昨日の反省文を提出するついでに、襲撃者たちの情報を聞き出すためだ。到着するなり、俺は勢いよく戸を引く。

「先生、ちょっとお話が」

「おう、小鳥遊。なんだ、昨日の件か？」

「はい。反省文を書いてきたんですけど」

「なんだ、ゴネてた割には、早く提出してきたじゃないか。まったく、最初からそれくらい素直に認めていれば、昨日だって、もっと早く帰れたんだぞ？」

「はい、肝に銘じておきます」

「しかし、大人しい奴だと思っていたのに、お前が教室の戸のガラスを壊すなんてな」

いや、それは濡れ衣なのだが。

「えっと、昨日の二人にも改めて謝罪したいんですけど、彼女たちの部活とか教えてもらえないですかね？　直接、話がしたいので」

「ああ、あいつらな。今日、欠席だぞ？」

「えっ？　もしかして、打ち所が悪かったんですか？」

「いや、どうもそういうわけじゃなさそうなんだよ」

「どういうことですか？」

「ここだけの話なんだがな……最近、うちの学校で不登校が増えているのは、知ってるか？」

「はい、けっこう噂になっているので」

「どうも、不登校の奴らが、みんな同じような症状らしいんだよ。先生も、最初は仮病なんじゃないかって疑ってたんだけどよ。さっきあいつらの自宅に面談に行った時の様子が、ちょっと変だったもんでな」

「変って、一体どんな感じだったんですか？」

「うーん、そうだな。何かこう覇気が無いっつーか。意味不明な、うわ言を呟いたりな」

「うわ言？　どんなことを言ってたんですか？」

「えっと、何だったかな。確か、『モノクローム』とか……」

「モノクローム？　何ですか、それは？」

「さあな。でも、気味が悪いだろ？　どう指導したらいいか、先生も手を焼いてるんだよ」

「そうですか……あの？　俺も、彼女たちのお見舞いに行っていいですか？」

「うーん、どうだろうな。じゃあ、親御さんに確認を取るから、ちょっと待ってろ」

「お手を煩わせて、すみません」

こうして先生を通じて保護者の許可をもらい、俺は庄條さんと共に、片方の襲撃者のお見舞いに行くことにした。


見舞いに向かう途中、俺は庄條さんに謝罪をする。

「ごめん、庄條さん。昨日襲われた相手に会うなんて怖いよな」

「クックックッ。眷属よ、心配無用だ。いざとなれば、我の闇の力を解放するだけだ」

「そりゃ、頼もしいな」

虚勢を張っているのだろう。庄條さんの顔は浮かなかった。

女の子の家に着き、インターホンを鳴らすと、母親が快く出迎えてくれた。

「わざわざお見舞いなんて、ごめんなさいね。どうぞ、上がってください」

「こちらこそ、急に押し掛けてすみません。では、お邪魔します」

家の中に上がると、母親の先導で、俺たちは彼女の部屋まで案内される。

「けいちゃん？　お友達が、お見舞いに来てくれたわよ」

そう言って母親がドアノブを引く。すると、部屋の中では、パジャマ姿の女の子が、べッドの上で膝を抱えていた。しかし、母親が話し掛けても、彼女はこちらを見向きもしない。

「ごめんなさいね。昨日から、ずっとあんな調子なの。どうぞ、ゆっくりして行ってくださいな」

俺は母親が立ち去ったのを確認して、彼女に語り掛ける。

先生から聞いた通り、女の子は虚ろな目をしていた。

「あの、昨日は災難だったな」

だが、無反応だった。それどころか、女の子はブツブツと何やら呟いている。

すると、ポケットでスマホが震えたので、取り出してみると、

『ボクに彼女と話をさせてくれないかな?』

白雪舞輪が訴えてくる。

「ああ、確かめたいこともあるしな」

俺は部屋にあった椅子の上にスマホを置き、女の子と対面になるように配置する。

『やあ、具合はどうだい?』

チラリと女の子が、白雪舞輪を見やった。思わず俺は唾を飲み込む。

「モノクローム……」

『えっ? モノクロームって、何のこと?』

「ううっ……」

と、突然、女の子は苦しみ、シーツを掻き毟り始めた。

『小鳥遊くん、彼女にペンとノートを渡してやってくれないか？』

「はあ？　どういうことだ？」

『彼女が、ボクにそう訴えかけているんだ』

「なに？　テレパシーみたいなことか？　まあ、分かった」

俺は女の子の前にノートとペンを放った。すかさず女の子はノートの余白にペンで、奇妙なことを殴り書いたのであった。

『これは……何だろうか？』

俺は女の子の書いた文字を読み上げる。

「【青春傍観信仰】だ？」

更に女の子はページをめくり、何やら書き加える。それを今度は、庄條さんが読み上げる。

「わたしはモノクロ。だから、カラフルな青春を破壊してやる、か。クックックッ、これが『ロキ』の呪いの目的のようだな」

「青春の破壊か……だから、こいつは、俺たちが恋人かって訊いてきたんだな」

『呪いが彼女の思考を奪ったことは間違いなさそうだけど、それを悪用している奴らがいるってことなのかな?』

「意思を持つ動画。その意思を悪用する奴ら、か。分かんねえな。【青春傍観信仰】っていうのは、組織なのか? それとも、思想みたいなものなのか?」

『それと、もう一つ分かったことがあるね。呪われた者がボクの姿を見ると、気性は落ち着くけれど、呪いそのものが解けるわけでは無いんだね……』

「こいつがいつまで大人しくしてるかなんて、分かんねえけどな」

だが、彼女との面会は無駄では無かった。断片的にだが、呪いの手掛かりを得られることは出来たのだ。

「さて、これ以上の情報は得られそうにねえしな。そろそろ、おいとまするか」

俺がスマホを回収して踵を返した、その時だった。

女の子の母親に連れられ、戸口に現れた人物の顔を見て、俺は驚愕する。

「あら。お見舞いに来た生徒とは、あなた方でしたの」

疑うような眼差しを向けられ、俺は得も言われぬ怖気が走る。

「黒木さん……何でここに?」

生徒会長、黒木真琴のお出ましだ。

「不登校になった生徒の見回りも、生徒会の仕事ですのよ」

「そうか、そりゃ大変だな」

「そんなことはありません。学園をより良い環境にするために必要なことですから」

尤もらしいことを言っているが、果たしてそれが本音なのだろうか？

「じゃあ、俺たちはもう帰るな。黒木さん、後は宜しく」

そう言って俺は、生徒会長の横を通り過ぎる。すると、黒木さんと目が合った。

「えっ？」

生徒会長が俺を見るその目は、憎悪に満ち溢れている気がした。

※

襲撃者から得た新たな情報。【青春傍観信仰】と呼ばれる、謎のメッセージ。

この学校に蔓延する『ロキ』の呪いは、【青春傍観信仰】によって拡散されているのだろうか。と同時に、一つの不安要素が浮かび上がってくる。

「黒木真琴……あの生徒会長、何か匂うんだよな」

黒木さんは、俺への敵意を剥き出しにしている。最初は、気のせいかと見過ごしていた。しかし、あの恨めしそうな目を見て、その疑念を深めた。

「やっぱり黒木真琴は、呪いの関係者じゃねえのか？」

だが、確証がない以上、彼女が首謀者だと騒ぎ立てたところで、そんなものは俺のでっち上げに過ぎない。

「でも、何かボロを出さないか、見張っとく必要はありそうだな」

そうして庄條さんと行動を共にするようになって、数日が経った、ある日のこと。

「庄條さん……こんな役を押し付けてしまって、申し訳ねえな」

「クックックッ、問題ないぞ。ちと緊張はするが……」

『ロキ』の呪いの目的が、青春行為の破壊だと聞き出すことが出来た俺たちは、呪われた者を誘き寄せるために、こんな作戦を実行することにしたのだ。

——恋人のフリをすること。

最初に俺たちが襲われた原因は、恋人と勘違いされたからなのだろう。だから、そう見えるよう、俺たちの仲睦まじいところをアピールして回ることにしたのだ。

そういったわけで、俺たちは放課後の校内をうろついている。

わざとらしく下級生の棟を歩いてみたり、はたまた中庭の花壇を観て回ったりと、ここが学校じゃなかったら、本当にデートみたいだ。

「何も起こらねえな」

「うむ、拍子抜けだ」

庄條さんは屈んで、花弁に顔を近づけている。手で扇いで、匂いを嗅いだりして楽しんでいるようだった。そんな俺たちだけの、とても平和な時間が過ぎていく。

いかん、このままでは話が前に進まない。俺たちに足りない物は何なんだろうか？

「ひょっとして、俺たちって、恋人に見えないのかも？」

庄條さんが、腰を上げる。

「クックックッ。眷属よ。では、我がもっと奉仕せねばならんか？」

「奉仕？」

「たとえば……手を繋いでみるとか？」

「なっ、手を繋ぐ⁉」

俺は思わず庄條さんの手に目が行く。

包帯で覆われた彼女の手が華奢だと言うことは、その布きれ越しからでも見て取れた。強く握ってしまえば、骨が折れてしまうんじゃなかろうか。ともかく恋愛経験のない俺にとっては、女の子と手を繋ぐなんて、あっさり出来ることではない。

「クックックッ、冗談だぞ？」

「だろうな⁉」

危うく本気にしてしまうところだったぜ……。いかんいかん、自重せねば。

「さて、そろそろ場所を変えようか？」

と、俺が振り向いた時だった。

「誰だ⁉」

背後に人の気配を感じて、俺は身構える。

「えっと？　珍しいね。六樹がそんなに警戒するなんて。僕はお邪魔だった？」

そこに立っていたのは、律人だった。

「なんだ、律人か。脅かさないでくれよ……」

「何さ、その反応は？　二人してやましいことでもしてたの？」

「するかよ！　律人こそ、予備校はいいのかよ？」

「これから向かうところだよ。その前に、ちょっと生徒会に呼び出されちゃってね」

「生徒会に？」

「それって、黒木さんに呼び出されたってことか？」

そう言えば、黒木さんと話し合いを、とか言ってたっけ。

「えっ？　まあ、そうだね」

「何か、まずいことでもあったか？」

「別にないよ。どうしたの、六樹？　何をそんなに勘ぐっているのさ？」

やはり律人の様子がおかしい。目を合わせてくれないし、どこか余所余所しい態度が気になる。どう考えても、俺に何か隠してるよな。

「黒木さんと、何か揉めてるのか？」

「だから、何もないって言ってるでしょ。しつこいよ……」

律人はまったく口を割ろうとしない。

もしかしてバンドのことで、黒木さんからイチャモンをつけられているんだろうか。

「俺に出来ることがあったら、相談しろよ？」

「うん、ありがとう。そんな機会があったら、是非お願いするよ」

と、律人は、庄條さんに視線を送る。

「それより、僕には、二人が急接近した理由の方が気になるんだけど……？」

律人は目を細めて、俺たちを交互に見やる。

「だから、俺たちは、律人が思っているような関係じゃないって！」

俺が誤魔化すと、

「クックックッ、眷属には、いろいろと我の悩みを聞いてもらっているのだ」

庄條さんがうまくはぐらかした。

「ふーん、そうなんだね。てっきり僕は、二人が付き合っているのかと」

「そんなわけないだろ!?」

「ムキになるところが怪しいけど、まあそういうことにしておくよ」

フッと律人が笑みをこぼす。

「六樹が恋したら、きっと良い歌詞を書いてくれるのになぁ」

「余計なお世話だ。大体、俺は、ラブソングは書かない主義だぞ？」

「あはは、ごめん。そうだったね。まあ、庄條さんもまた落ち着いたら、一緒にセッションでもしようよ。六樹もそうして欲しいんじゃないかな？」

「おい、律人……俺の話を全然、理解してなくないか？」

「そう怖い顔しないでよ、冗談だって。さてと、邪魔者は消えるとするよ」

俺は手の甲を上下して、

「しっしっ。早く帰れよ」

と、追い払う仕草をする。

「言われなくても、もう行くさ。じゃあ、庄條さんも、また明日ね」

「クックックッ。縁があれば、また会おう」

口元に手を翳す庄條さんの決めポーズを見届けて、律人は予備校に向かった。

庄條さんが、俺に訊く。

「時に眷属よ、彼に真実を話さなくて良いのか？」

「ああ、今は余計な心配を掛けて、勉強に支障が出ても困るからな。それに、呪いを解くために恋人のフリをしているなんて言ったら、即座に通院を勧められるに決まってる」

「そうか。だが、眷属よ。一つ収穫があったではないか」

庄條さんは俺に笑い掛け、

「我らは、ちゃんと恋人に見えていたみたいだぞ」

俺は言葉に詰まった。たまに庄條さんは、こちらが反応に困るような、可愛い台詞を口にしてくれるぜ……。

「クックックッ。さすがは、闇の化身たる我の演技力だ」

「自画自賛かよ」

俺たちはそんな風に軽口を言い合い、場所を変えて恋人のフリを続けることにした。


とりあえず、俺たちは校舎の中に戻って、怪しい奴がいないか巡回していた。

すると、廊下で、三つ編み眼鏡の女子と擦れ違う。

なんだ？　そいつは、妙に周りを警戒して、焦っているような感じだった。

「なあ？　今の女子って、生徒会の副会長だったよな？」

「うむ、会議にも出席していただろ？」

振り返ると、副会長は慌てた様子で、小走りで駆け抜けていった。

「何か、怪しくないか？」

「クックックッ、まさか、生徒会が呪いに加担しているとでも言いたいのか？」

庄條さんが俺の言いたかったことを、先に口にした。だが、まだ黒木さんが疑わしいとは微塵も感じていないはず。ここは変に同意せず、少し様子見しておこう。

「そりゃ、どうだろうな」

「クックックッ。そんなに気になるなら、奴を尾行してみるか？」

「ああ、念には念を入れておくか」

呪いに生徒会が絡んでいるとなると、黒木さんの尻尾を掴む絶好機になるかもしれない。

細心の注意を払って後をつけていくことにする。

「あれは……どうやら職員室に入ってくみたいだな」

生徒会のメンバーが職員室に出入りすること自体は、何ら不自然なことではないのだが。

「やっぱり、ただの仕事じゃなかろうか？」

「俺の思い過ごしだったかな……いや、思い切って、話し掛けてみるべきか？」

「だが、眷属よ。もし本当に、奴が呪いの関係者だったら、どうする気だ？」

俺はスマホを取り出す。

「その時は、白雪舞輪に援護を頼むさ」

俺の言葉に、庄條さんも納得した様子だ。

『なるほど、ボクの責任は重大ってことだね』

液晶画面の中の白雪舞輪が、鼻息荒く応える。

ともあれ、俺たちは職員室の戸口が見える曲がり角で、副会長を待ち伏せすることにした。

程なくして、

「失礼しました」

胸元に何かを抱え、ターゲットが廊下に出てくる。

「ひゃっ」

副会長は俺たちに気付いていなかったようで、擦れ違う際に驚いて声を上げた。

「すまん、大丈夫か？」

弾みで彼女の手から冊子のような物が、床に二つこぼれ落ちた。

片方は表紙が青色で、もう片方は赤色だ。俺と庄條さんが、それぞれ拾ってやる。

「これって……」

庄條さんが続く。

「文化祭のパンフレットかな？」

副会長は瞠目する。そして、すぐさま俺たちの手から冊子を奪い返した。

「ご、ごめんなさい……」

彼女の狼狽に、俺の疑念は募っていくばかりだ。

俺は副会長に、素朴な疑問を投げ掛ける。

「へえ。今年のパンフレットって、表紙が二色あるんだな？」

副会長は一瞬、答えに窮した。しかし、すぐに作り笑いをして、

「えっと、あの……まだどちらの色にするか決まってなくて……サンプルを見せて、先生

に相談していたんですよ」

と、答えた。

なるほど。そういうことだったのか。

「そんな雑務ばっかりで大変だな。で、どっちにするんだ？」

「さ、さあ……それは、黒木会長の意向もありますので」

「そうか、黒木さんのねぇ……」

「ご、ごめんなさい……まだ仕事が残っているので、わたくしはこの辺で」

「ああ、悪い。呼び止めちゃって」

俺の言葉を聞き終えるや否や、副会長が走り去っていく。

すると、傍らの庄條さんが、

「クックックッ。よもや、まだパンフレットのデザインが決まっていなかったとはな。進行が遅れているようだが、文化祭までに間に合うのだろうか？」

「さあ、どうだかな」

あの慌て振りは、本当にスケジュールが押して、テンパっていただけなのか。

それとも、隠さなくてはいけないことがあったからなのか……。

「眷属よ。今日はもう何も起こらないみたいだぞ。お開きにせんか？」

「ああ、そうだな。悪かったな、変なことに付き合わせて」

　こうして俺たちは教室に戻って帰り支度をし、帰路についたのであった。

　最近、庄條さんと二人で下校するのが、日課になりつつある。

　庄條さんの家に帰る途中には踏切があるのだが、いつもここで足止めを食ってしまう。

　最近はこの待ち時間に他愛もない話をするのが、俺の癒しになっている。

「眷属よ、また送ってもらってしまったな」

「そんなのいいって。でも、本当に、あの日以来、何も起こらねえよな」

　これが、嵐の前の静けさなんてことにならなければいいが……。

「このまま無事に、文化祭を迎えられたらいいのだが」

「ああ、間違いねえな。せめて俺たちの不安が、全部杞憂に終われば――」

　ガタンゴトン。

　ふと俺たちの目の前を、青い塗装を施した列車が、凄まじい速度で横切っていく。辺りは夕焼けに染まり、風に煽られた街路樹の根元から、落ち葉が巻き上げられる。

　車両が通り過ぎると、俺たちの足元に枯れ葉が落ちた。そして、カンカンカンッという遮断機の警報が鳴り終わり、ゆっくりとバーが持ち上がっていく。

　俺はそこでようやく目の前に誰かがいることに気が付いた。

「なあ、庄條さんあれって……」

目を凝らしてみると、対面には、他校の制服を着た一人の女の子が、立ち尽くしていた。

「うむ、あの制服は。お隣の女子高のものだな」

「へえ、ここから近いのか？」

「同じ市内だ。我もそちらを受験しようかと悩んでいたくらいだぞ」

「じゃあ、庄條（しょうじょう）さんの家からも近いわけだ」

まさかあの子が呪われていたりはしないよな。いや、さすがに考え過ぎか。

庄條さんが歩き出したのに釣られて、俺も足を踏み出す。

だが、こちらが踏切を半分越えても、対面の少女が動く気配はない。

俺は不審に思い横を見たが、庄條さんは気にならないようだ。

「きっと俺は、神経質になっちゃってるんだろうな」

このところ呪いのせいで、ずっと気が立っている。だから、白でも黒に見えてしまうんだろう。そう思って、踏切を渡り切り、少女の脇を通り抜けた時だった。


「――ねえ、君たち付き合ってるの？」


俺は声が出なかった。いや、出せなかった。

人は突然の恐怖にエンカウントすると、キュッとノドが締まって、悲鳴すら上げられないと聞いたことがある。

　それは庄條さんも同じのようだった。

　擦れ違った少女の手の中で、刃と刃がぶつかり、カチカチと物騒な音が鳴っている。

　彼女は手をシュコシュコと動かして、その凶器を眼前にまで持ち上げた。

「聞こえなかった？　君たち、付き合ってるのって、訊いてるんだけど？」

　持ち手を握り締めると、大きなハサミはカンッと甲高い音を上げた。

「眷属よ……」

「ああ……」

　俺たちの予想よりも、事態はもっと深刻なのかもしれない。

　呪いは、俺たちの学校にだけ拡散しているわけではない。

　少なくとも、呪いはもう学園を飛び出していたのだ。

「――青春なんてクソなのよ！」

　両刃を広げ、襲撃者が襲い掛かってくる。

　咄嗟に俺は鞄を投げつけた。分厚い素材と中の教科書に阻まれて、刃物を突き立てた彼女の腕の方が押し負けた。

　俺は、地面に落ちてバウンドするハサミを、足の裏で踏みつける。

　急いで、スマホを取り出そうとするが、襲撃者が俺の足に飛びついてきた。

そして、彼女は脛に噛り付く。

「痛てぇ!?」

おいおい、嘘だろ？　尋常じゃない咬合力だ。俺の肉ごと噛み千切る気か？

俺は玉蹴りの要領で、彼女を振り払おうとする。

「加勢しよう！」

庄條さんが、襲撃者の頬を鞄で引っ叩く。

「がはっ！」

殴打の弾みで、襲撃者の口が俺の足から外れる。

「リミッターのない人間って、女の子でもこんな怪力になるのかよ……」

ズボンの裾をめくると、肌に歯形がくっきり浮かび、血が滲んでいた。

「こいつら、やり方が無茶苦茶だぜ……」

その蛮行は、もはや人間の所作ではない。差し詰め、見境のない野生動物ってところか。

「眷属よ、怪我をしているぞ？」

「平気だって。これくらいなら、まだ走れそうだ……」

俺は庄條さんの手を取る。

「どうする気なのだ？」

「逃げるんだよ。行くぞ？」

俺たちが走り出すと、再び遮断機の警報が鳴る。

カンカンカン。その音をＢＧＭにするかのように、呪われた者が絶叫する。


「――ロキロキロックンロール！」


襲撃者と俺たちの、追いかけっこが始まる。

俺は手にスマホを持ち、

「白雪舞輪(しらゆきまろん)、何とか隙を見つけるから頼むぞ……」

『うん、ボクが君たちを護(まも)るよ』

相手は刃物を持っている。スマホ画面を見せる前に飛びつかれたら終わりだ。

手負いで全力疾走するにも限界がある。

ある程度、進んだところで、俺は庄條さんに提案する。

「庄條さんの家、もう近いだろ？　先に帰ってくれ」

「だが、それでは君は、どうなる？」

「二人より、一人の方が動き易(やす)いんだよ」

「だが、眷属を一人置いて逃げるなど……」

「頼む、庄條さん。先に逃げてくれ」

俺は真剣な顔で、語り掛ける。

「うむ。そこまで言うのなら、理解したぞ……」

庄條さんが、俺の説得に応じる。

「眷属よ、武運を……」

加速する庄條さんの背中を見届け、俺は立ち止まる。

足元に視線を落とすと、白いスニーカーに血が垂れて、模様のようになっていた。

「はあはあ……とりあえず隠れよう」

俺はひっそりとした路地裏に回り込み、大きいゴミ箱の後ろに身を潜めた。

極度の緊張と、排水溝から吹き上がる下水の匂いで吐きそうになる。

そんな薄暗い狭間で、

「あれ？　何でだ？　全然、追い掛けてこねえな……」

恐る恐る身を捩り、自分が走ってきた道を見回す。やはり、襲撃者の姿は無かった。

あいつらは動きが鈍いからな。これは何とか振り切ったということだろうか。

「でも、放っておいたら、他のカップルが襲われるんじゃねえか？」

もう一度、確認しようと思った、その時。

「――みーつけた……」

振り返ると、ハサミを振りかぶった襲撃者が、待ち構えていた。

だらしがない口元。焦点の合っていない目。ケタケタと耳障りな笑い声。

どれも全部、気色が悪かった。

虚を衝かれた俺は、スマホを地面に落としてしまった。

『何をしているんだ、早く拾うんだ！』

小道に響き渡る白雪舞輪の声。だが、頭が真っ白になった俺の耳は、彼女の言葉が素通りしていく。ダメだ、動けねえ。

向かってくる刃物が、まっすぐ俺を狙っていた。

これ、詰んだのか？　俺は恐怖に耐えかねて、目を伏せてしまった。

ところが、一向に痛みがやってくる気配はない。

恐々と顔を上げると、襲撃者は白目を剥き、あまつさえ口から泡を噴いていた。

「は？　どうなってんだ？」

ドサッ。

地面に倒れこんだ彼女の後ろには、

「はあ……はあ……我が家で一番ぶ厚い辞書を持ってきたぞ」

どうやら庄條さんが、助けに駆けつけてくれたようだった。

「サンキュー、庄條さん……」

お礼を言うのがやっとだった。俺の意識が次第に薄れていく。

恐怖から解放され、気が緩んだからなのか。

「うむ？　どうした、眷属よ？　ああ、これは大変だ！」

俺はその場に倒れ込んでしまった……。

※

鼻腔を抜ける甘い匂いがして、俺は思わず目を開けた。すると、視界には見たことのない壁紙が広がっていた。

「えっと……ここは？」

バタンと、戸口から音がしたので見やれば、

「目が覚めたか。良かったぞ……」

「庄條さんか？　ってことは、俺を運んでくれたのか……？」

「そうだ。急に倒れるから、死んだのかと思ったぞ」

「あいつは？　襲撃者はどうなったんだ？」

「クックックッ。襲撃者なら、目覚めた隙に、君のスマホを見せて退治しておいたわ」

「おう、やるじゃん。無関係の人間を巻き込まずに済んだんなら良かった。ってか、ここって、もしかして庄條さんの部屋なのか？」

「そうだぞ。な、何か変か？」

庄條さんが、そわそわし始める。

「いや、ちょっとイメージと違ったから驚いただけだ」

庄條さんの部屋にしては、いやに殺風景な印象だ。てっきりアニメのポスターやフィギュアがぎっしり、なんてレイアウトを想像していたんだが。

「そうだ！　俺、足に怪我してたよな？　ごめん、シーツ汚しちゃったんじゃ？」

布団をめくると、俺の足には白い布が当てがわれていた。

「クックックッ。包帯巻きには自信があるのだ」

庄條さんは手の平を顔につけ、小刻みに肩を揺らして、決めポーズを取った。

「情けねえよな……あれだけ威勢のいいこと言っておいて、助けられちまうなんて……」

「そんな些末なことは気にするな。命があったことを喜べ」

庄條さんは手近にあった椅子に座り、俺を見下ろす。

すると、ちょうど彼女の体で死角になっていた場所に、エレキギターを見つけた。

ちゃんとスタンドに立てかけられており、使用感もあることに驚いた。

「庄條さんが使ってるのも、テレキャスなのか」

「うむ。眷属もそうだったな」

庄條さんは急に、ポンッと手を叩いた。

「そうだ。今度は君が弾いてみるか?」

「えっ? いま弾くのか?」

「ああ、我のギターを、貸してやろう」

「でも……近所迷惑にならねえか?」

「大丈夫だ。さっきあんな怖い想いをしたのだ。大声を張り上げて、嫌なことはさっさと忘れた方がいいだろう」

「まあ、庄條さんがいいなら……」

俺は起き上がり、ベッドに座ると、庄條さんからギターを受け取る。

「ほれ、ピックだぞ」

「ああ、サンキュー」

俺はストラップを肩に掛け、受け取ったピックを弦に置く。

チューニングもバッチリで、丁寧に手入れが行き届いていることが窺えた。

「この前は、だいぶギターは弾いてないって言ってたけど、あれから毎日弾いてるのか?」

「まあ、それなりにな……」

そして、俺はカウントに入る。

「じゃあ、この前のお返しってことで」

ピックでギターの腹を突き、足でリズムを取る。そして、俺は叩きつけるみたいに腕を振り下ろした。

俺がチョイスしたのは、あの日の教室で庄條さんが披露したロックソング。照れ臭かったが、リクエストされてしまったので、俺は歌うことにした。人前でこんなに声を張り上げるのは、どれくらい振りだろうか。

俺は反発してくる弦をピックで捻じ伏せ、速弾きをしてみせた。庄條さんが唸ったので、調子に乗って、更にテンポを上げてみる。

この曲のタイトルは、『エンドロールに僕の名前をいれないで』と言う。

クラスに馴染めない少女が、自分を殺してまでクラスメイトに迎合する必要なんてないんだと主張する歌だ。

どこか、今の俺たちと、この曲の歌詞の世界が、通じている気がした——

だから、だったんだろうか。

その言葉たちを口にすると、感情が掻き乱されていくようだった。

まるで想像の世界と、このリアルがリンクするかのように、歌声と頭の中のイメージが重なっていく。

そして、俺の脳裏には、一人ぼっちの少女が、教室で泣いているシーンが過った。

「えっ？」

歌い終えた俺は驚いた。庄條さんの瞳から、涙がこぼれていたのだ。

Poro...
What?

「庄條さん？」

「えっと……これは何なんだろうな……」

ガシガシと、庄條さんは包帯で目を拭う。

「クックックッ、やるではないか。君の歌声を聴いて、とても懐かしい景色と出会えたような気がしたぞ。我の涙腺が緩んだのは、きっとそのせいだ」

「そう言ってもらえたら、ボーカル冥利に尽きるよ」

彼女が泣いた理由は分からないが、満足してくれたようで安心した。

俺はギターを庄條さんに返す。

「これ、ありがとう……」

久々に誰かに自分の歌を聞いてもらったことで、溜め込んでいたわだかまりが、吹っ切れた気がした。

「じゃあ、そろそろ俺は帰るよ」

「ろくに、もてなしもできなかったな」

「こちらこそ、迷惑を掛けちゃって、悪かった。じゃあ、また明日な」

この時、俺は普段なら考えないようなことを考えてしまっていた。

度重なる恐怖体験により、俺は死を身近にとらえるようになっていたのかもしれない。

無事に文化祭を迎えられますように――俺はそんなことを願っていた。

※

庄條(しょうじょう)さんの家を後にして、俺は自宅に戻る。

さっきは寝ぼけ眼だったこともあり、状況整理が追い付かなかった。

夕飯や風呂といった用事を早々に済ませて、俺は机の上に、スマホを立てかける。

こいつに聞いておきたいことが、幾つかあるからだ。

「単刀直入に訊(き)くぞ。お前は呪いの範囲について、どう感じた？」

『普通に考えれば、君の学校以外にも、動画の意思が働いていると思われるよね』

「まあ、そうだよな。でも、『ロキ』の呪いは、どういった基準でターゲットを選んでいるんだろうな。こうなってくると、ランダムなのかと思えてこないか？」

『【青春傍観信仰(モノクローム)】の目的が青春の破壊であることを鑑みれば、あながちその可能性も否定できなくなってきたかな』

「でも、それなら、もっとこの話題が、広まってるはずなんだよなぁ」

『そこだよね……相変わらず、世間には、呪いの存在が認知されていないようだし』

「辻褄(つじつま)が合わねぇよな。じゃあ、あの襲撃者はイレギュラーだったと考えるのが、妥当か」

『そうだろうね。これ以上、捜索範囲を広げるのは、君たちの負担が大き過ぎるよ』

「そうだよな。サンキュー。じゃあ、この件については、深追いしないようにするわ」

『ボクもそれがいいと思うよ』

他校への呪いの拡散は観測できた。しかし、まだ参考データが乏しすぎる。校外への呪いの拡散については、レアケースだと、俺は結論付けた。

「さて、今日も色々あって疲れたから、まずは体力を回復させなきゃな」

そうして俺は消灯し、ベッドで束の間の休息をとるのであった。

※

他校生との遭遇から、一週間が経った。

俺の思いとは裏腹に、【青春傍観信仰】が、その尻尾を出すことはなかった。俺たちは、まだ呪いについての有力な情報に辿り着いていない。

そんな状況に焦りを感じつつも、とうとう文化祭が翌日に迫っていた。

そして、ここ最近の俺は、充実した日々を過ごしていた。

「六樹、ちょっといい？」

昼休み、俺は律人に呼び止められた。

「今日のリハだけど、いつものスタジオを予約してあるから、現地集合でいい？」

昨日までは、音楽室を借りてバンド練習をしていたのだが、さすがに前日は諸々の準備もあるようで、使用許可が下りなかった。

「おう、今日は久々のスタジオか。楽しみだよな」

「そういえば、明日は近所の野外公園で、大型ロックフェスをやるみたいだね。ちゃんと、うちの文化祭にも、お客さんが集まってくれるかな？」

「ああ、それ最近ＣＭで見かけるわ。まさか、あんなイベントと日程が被っちゃうなんてな」

と、近づいてきた翔也が、ドンッと自分の胸を手で叩いた。

「じゃあ、オレたちの演奏で、逆にフェスを食っちまえばいいんだよ！」

それを聞いた律人は、肩をすくめる。

「うちのドラマーは、本当に能天気だよね」

「えっ!?　なんだよ、それ？　ひょっとして、ディスられてる？」

そんな益体のない会話を交わし、三人で腹を抱える。やっとこの時間が返ってきた。

これも二人が多忙なスケジュールを調整してくれたおかげだ。

「悪い。俺、今日は日直だから、後から合流する」

「おう。じゃあ、遅れるようなら、先に始めておくから」

翔也が人懐っこい笑顔を向ける。

「打倒ロックフェスだね。腕が鳴るよ」

律人がクイッと眼鏡を指で上げる。

「じゃあ、放課後にスタジオで」

俺がニコニコしていると、庄條(しょうじょう)さんが近寄ってくる。

「クックックッ。眷属(けんぞく)よ、ご機嫌だな。何かいいことがあったのか？」

「今日はスタジオで、バンドのリハをやるんだよ」

「ああ、そうだったか。じゃあ、我はお邪魔だな」

「庄條さんも、スタジオについてくるか？」

庄條さんはかぶりを振った。

「いや、やめておこう。そうやって、我ばかりにかまけていたら、また内紛が起きるかもしれんぞ？」

「うっ……確かにそうかもな」

「クックックッ。なので、我が眷属よ。明日のステージは絶対に成功させよ」

「おう……サンキュー」

庄條さんに鼓舞されて、俄然(がぜん)ヤル気がみなぎってきたぜ。

※

「はあ……はあ……やっぱり遅れちまったな……」

こんな日に限って、先生に捕まり、雑用を押し付けられてしまった。

爆速で仕事を終わらせ、俺は走ってスタジオに向かっている。

音楽スタジオは、防音対策なのか、割と人目につかないところにある。

さすがにギターを担いで走るのは、しんどかったが、文句なんて言っていられない。

早く到着しなければ、練習時間が削られてしまう。お金が勿体ないとかケチ臭い話をしているわけではなく、今は一秒でも時間が惜しいのだ。

そして、俺はゼエゼエと息を切らせながら、スタジオが入っている建物の前に辿り着いた。

「間に合ったか……？」

腕時計を確認すると、予約時間からほんの数分過ぎたところだ。まあ、律人はともかく翔也はせっかちだから、先に部屋に入ってるだろうな。

「翔也はドラムも走りがちなんだよなあ」

そして、俺が入口である押し戸に手を掛けようとした時だった——

「うわっ!?」

店内から飛び出してくる人影が見えて、思わず俺は身を翻す。何とかぶつかるすんでで、そいつを躱すことができた。

そいつは、いやに奇妙な風貌をしていた。一瞬のことで、はっきりと確認できなかったが、顔に変なマークのお面を被っているように見えた。

走り去っていく後ろ姿を目で追うが、着ている物は普通の服なので、奇をてらったバンドマンだったのだろうか。

「まあ、お面で歌うバンドとか、メジャーでもいるしな」

俺は少し前に流行った人気バンドを思い浮かべて納得した。

「さて、二人はリハを始めてるかなあ」

気を取り直して、俺はスタジオの中に入る。

「あれ？　変だな……店員がいねえ」

店内の雰囲気は妙だった。

カウンターが無人なんて不用心なことは、今まで一度も無かったんだけどな。

「参ったな。仕方ねえけど、部屋に向かっちゃうか」

料金設定は人数割りではなく、一部屋分での計算だから、特に店員に断りを入れる必要もないだろう。

「おっ、あった。ここだ」

律人から教えられた部屋番号は、69番だ。

俺は急いで、ドアを開ける。

「わりぃな！　仕事が長引いちゃってさ」

埃っぽい匂いが鼻腔を通り抜ける。見た目は小綺麗にされてはいるが、やはり不特定多数が毎日使用するこの部屋は、人間の汗や、機械の熱などで、独特の臭気を放っていた。

まあ、いつもはそれも味だと思って楽しんでいるのだが、今日に限っては何か雰囲気が違う気がする。

「なんだよ、二人とも？　俺が遅刻してきたから怒ってんのか？」

楽器を構えている二人が、俺に目もくれないというのが、不安を煽る。

翔也は椅子に腰を下ろして俯いているし、律人も立ったまま静止している。

「マジで、どうしたんだよ？　サイレントトリートメントか？　ホームランを打った後にわざと無視する、みたいな感じ？」

俺が軽口を言っても、あくまで二人は無言を貫く。

こうなってくると、さすがに俺も疑わざるを得ない。だが、頭のどこかでは、二人が『ロキ』の呪いに掛かったのではないかと思っていても、それを認めてしまいたくない気持ちが勝ってしまう。

だから、こうして二人に、無意味な会話を振り続ける。

「なあ？　二人で、もう先に演奏を始めてた感じだったか？」

恐る恐る俺は、ギターケースを開いて準備に取り掛かる。

シールドをエレキギターに差し、アンプにプラグを突っ込む。

「すぐ済ませるから、ちょっと待ってくれ」

と、つまみを回して、弦を弾く。手早くチューニングを済ませた。

「さてと。じゃあ、リハを始めようぜ……」

頑なに口を閉ざす二人。段々と、俺の鼓動が速くなっていく。信じたくない。頼むから、二人の態度の変調が、呪いのせいじゃないことを祈るばかりだ。

「なあ？　律人？　翔也？」

俺は二人の名前を呼ぶ。だが、俺は確信することになってしまう。

「えっ？」

俺の頬を何かが掠めていった。それは翔也が投げたドラムスティックだった。

壁に当たって転がった木製の棒は、床で太い音を鳴らす。

「おい、翔也？　何フザけてんだよ……？」

が、次はスティックなんかより、もっとヤバイものが放られた。

翔也がシンバルをスタンドごと、俺に向かって投げつけたのである。俺が足元を滑ってくる楽器を避けると、カシャーンと空虚な高音を響かせて壁にぶつかる。

ぞっとした。さっきまであんなに仲良くしていた友人が、俺にこんなにも明確な敵意を剥き出しにしてくるのだ。

俺は唇を噛み締めて、涙を堪える。

「リハはどうすんだよ……？」

そんなことを訊いて、誰が答えるというのだ。

このスタジオの中で理性を保っているのは、もう俺だけなのだから……。

律人はおもむろにベースを置くと、アンプの上にあった新品の弦を手に取って、ロープのように伸ばした。

「落ち着けよ、二人とも？　ちゃんと話し合おうぜ？」

ジワジワと律人が距離を詰めてくる。

「話を聞いてくれよ！」

律人が、俺の首に弦を巻き付けようとしてきた。

俺はギターを盾にして応戦する。強く押しのけてやると、律人はその場で、後ろによろめく。

「何でこうなっちまうんだよ……」

俺は怒りで奥歯を鳴らす。そして、無造作に床に転がったスマホを見つけた。

翔也のものか、律人のものか、瞬間的には分からなかった。だが、その液晶画面には、ギターを構えてこちらを嘲る、あの少年のサムネイルが映っていた。

「お前ら、何で『ロキ』なんか、聴いちゃったんだよ！」

どんないきさつで二人が動画を観たのかは分からない。

自分の意思で？　それとも誰かに強要されたのか？

「まさか……さっきのお面を被った奴か？」

あいつが二人に『ロキ』を聴かせたのか？　でも、何のために？

いや、犯人捜しをしたところで、この現状がどうなるわけでもない。

と、翔也が口を開く。

「六樹……お前、まだバンドを続ける気かよ？」

「当り前だろ！　何を言ってるんだよ！」

律人が会話を引き取る。

「バンドなんて青春行為、許されるわけないだろ……」

「そんなことねえだろ！　俺たちは文化祭のステージで……」

だが、俺の声を掻き消すかのように、二人の声が重なる。

「「──ロキロキロックンロール！」」

理不尽な殺意が俺に向けられる。どうやら俺はバンドという青春行為を犯した罪で、友人たちに殺されるらしいのだ。そんな罪状があってたまるか？

　こいつらに呪いを掛けたのは、さっきの怪しい奴なのだろう。だが、思い返せば、まるで何かに邪魔されているみたいに、いつからかバンドの足並みは揃わなくなっていた。

「それって、もっと前から、仕組まれていたってことなのか……？」

　俺たちの仲を引き裂こうとしている奴がいるのか？

　翔也や律人の言動を思い返すと、思い当たる節がないことはない。そうやって俺たちの邪魔をしていたのは――。

「もしかして、黒木さんなのか……」

　俺は瞼を閉じる。その裏に焼き付いているのは、生徒会長からの敵意。俺が彼女に憎まれる理由なんて、バンドを組んでいることくらいだろう。

「じゃあ、さっきの奴を差し向けて、二人に呪いを掛けたのも、黒木さん？」

　翔也が苛立ったように、何度も床を踏みつける。

「何をブツブツ言ってんだよ、六樹！」

　律人はベースを引きずり、今にも振りかぶろうとしている。

「お前らがいなきゃ俺は、今もぼっちだったんだろうな……」

　自分はリア充なんかじゃない。【青春傍観信仰】だか何だか知らないが、俺だってクソみたいな青春を過ごしてきた。誰も俺に見向きもしない。そんなモノクロの日々を過ごしてきた。

だけど、そんな日々をカラフルに染めてくれたのは、目の前の二人だった。

「そうだったぜ……律人が見つけてくれなかったら、俺はここにいないかもしれねえ」

二人のうち、俺が先に出会ったのは、律人だった。

中学時代、ぼっちだった俺は移動教室の授業をサボって、教室で音楽雑誌を広げて読んでいた。その時、たまたま忘れ物を取りに来た律人に見つかってしまった。いや、その言い方は俺の傲慢か。ずっとリア充たちの中に埋もれていた俺を、律人に見つけてもらったという方が正しいだろう。

机の上のロック雑誌を視界にとらえるなり、俺のもとにやってきて、律人はこう言った。

「——小鳥遊くんって、バンドに興味があるの!?」

最初は緊張もあり、邪険に対応してしまった。

俺はその頃から密かにギターを練習していたし、腕に自信もあった。

でも、律人に「バンド組もうよ」と、何度も勧誘される度に、俺は断っていた。

興味があったし、彼と組むのが嫌だったわけじゃない。でも、俺は怖かったんだと思う。

人間関係とは無縁の世界で生きていたモノクロの自分にとって、バンドという光はあまりにも眩しすぎて、その一歩を踏み出せずにいたんだ。

そうして、だらだらと、友達とも呼べない微妙な関係を続けている時に紹介されたのが、翔也だったのだ。

「こいつ、響翔也って言うんだよ。塾で一緒なんだけど、同じ高校を受験するんだ。小鳥遊くんもどう？」

俺はこんなイケメンと何を話せばいいんだと、内心ビクビクしていた。だが、翔也は嬉々として俺に握手を求めてきた。

「小鳥遊くんだっけ？　勉強できるんだろ？　同じ高校に行ってさ、一緒にやろうよ」

あの時、確か俺は、「やるって何をだよ？」と、訊き返したはずだ。

そして、二人は互いに目を見合わせて、さっきみたいに声を揃えたんだ。


「「――バンドだよ！」」


今も耳に残る、二人の楽しそうな声音。あの笑顔を、絶対に取り戻さなきゃいけない。

それなのに、この呪いを解く方法は、まだ見つかっていない。

だけど、せめて今、この場くらいは二人を楽にさせてやりたいよな。そうしてポケットからスマホを取り出した。

「なあ、白雪舞輪？」

『なんだい？』

「俺の友達を、助けてくれないか……？」

液晶画面の中で少女は凛と笑う。

『承知したよ』

そして、白雪舞輪は笑顔を作り、言い加える。

『だからもう、泣かないでいいよ？』

「えっ……？」

俺は自分の顔を手でなぞる。すると、本当に頬の辺りが濡れていた。

自分でも気づかないうちに、想いは溢れていたのだ。

「俺は二人を取り返さなきゃならねえんだよ……」

俺は鼻をすすり、呪われてしまった友人たちに向けてスマホを掲げる。

「頼んだぞ、白雪舞輪」

『うん！　絶対に二人を、呪いから救おうじゃないか！』

そうしてスマホ画面に映った彼女を見るなり、二人はその場に倒れ込んだ。

「ははっ……これで文化祭ライブは、諦めるしかねえな」

とうとう俺の身近でも、『ロキ』の呪いが猛威を振るい始めた。俺は、呪いが自ら近づいてきている気がした。

「黒木真琴……本当にあいつが犯人なのか？」

確証はないが、もしそうだとしたら、彼女が本当に呪いたいモノとは、何なのか。

明日は、みんなが楽しみにしている文化祭だ。

「律人、翔也……護れなくてごめんな」

もはや言葉など、二人に通じるはずはない。

だが、俺は繰り返す。

「ごめん……」

俺は許されたかった。

「本当にごめん……」

そんな謝罪は、自己満足でしか無いことは分かっていた。

でも、俺がここで折れたら、バンドはどうなる?

俺は手の甲で涙を拭き、気持ちを立て直す。

「【青春傍観信仰】め……この借りは、音楽で返す」

ふと、俺の頭の中で、懐かしいメロディが鳴る。

『――歌ってください』

誰かが、俺の耳元でそう囁いた気がした。

「えっ？　なんだ、今の声は？」

おそらくその主は、白雪舞輪ではない。

「でも、じゃあ。誰だったんだよ？」

それが誰の声なのか、俺には思い出せなかった。

第三章　文化祭

【青春傍観信仰（モノクローム）】。そいつらが何のために青春の破壊を行っているのかを、俺には知る術（すべ）もない。ただ一つ分かっていることは、『ロキ』の呪いが、人を理性なき獣たらしめる、危険な物だということだけだ。

「何であいつらが、こんな目に遭わなきゃいけねえんだよ……」

二人はぼっちの俺を見捨てないでくれた、最高の仲間だ。そんな律人（りつと）と翔也（しょうや）が、あんな恐ろしい目つきをして、俺に襲い掛かってくるなんて。

「『ロキ』って、何なんだよ……」

それは、呪いの歌なのか。いや、呪われた歌と呼ぶべきだろうか。

呪いの対抗手段は、俺のスマホに現れた白雪舞輪（しらゆきまろん）の姿を見せること。彼女の存在が、呪われた者の意識を奪う。しかし、代償として目覚めた彼らは、覇気を失ってしまうのだ。さながら、意思を持たない傀儡（かいらい）のように。

もし、二人がこのまま、元通りにならなかったらと思うと、俺はやりきれなかった。

昨日は二人が倒れた後、翔也の兄である響純也（ひびきじゅんや）さんと連絡を取り、車で迎えに来てもらった。そして、俺はすぐに庄條（しょうじょう）さんに電話を入れ、今回の顛末（てんまつ）を報告した。

そして今日、文化祭当日を迎える。

『ごめんね……ボクが何か思い出せたら、二人を元通りにする方法が見つかるかもしれないのに』

スマホの中で、白雪舞輪が項垂れていた。

「お前が悪いわけじゃねえよ。悪いのは、呪いだ」

白雪舞輪が渋面になる。

『その呪いを作り出しているのが、ボクかもしれないじゃないか……』

「だとしても、俺にはお前が、そんな呪いを拡散させるような奴には思えない。だから、俺はお前を信じる」

『小鳥遊くん……』

確かに『ロキ』の呪いについては、まだ分からないことだらけだと言っていい。だから、頭だろうと足だろうと、使える物は何でも使って、『ロキ』の謎を解き明かすしかないのだ。

「まずはこの目で、あいつらの容体を確認しなきゃな」

俺は、いつもより早起きをして、律人の自宅に向かった。

僅かでも可能性が残されているなら、今日のステージに立つ方法を模索したい。

「よし」

拳を握り、気合を入れる。

律人は育ちが良いと聞いてはいたが、確かに豪勢な一軒家だ。玄関は柵で仕切られ、石畳を経て扉がある。

その豪邸の前に差し掛かると、分不相応だと尻込みしてしまいそうになった。

だが、俺がウダウダやっていると、

「あれ？　こんな朝っぱらから先客がいるのか？」

玄関の扉が開き、俺は反射的に、塀に身を隠してしまった。別にやましいことをしているわけではないのだが。

しかし、玄関先で彼の母親と親しげに言葉を交わす制服姿の女の子には見覚えがあった。

「えっ？　あれって、黒木さんじゃねえか……？」

俺は絶句する。

「そういや、生徒会が不登校の生徒の見舞いに回ってるって言ってたな」

でも、あいつらが呪われたのは、昨日の放課後で、しかも校外で起こったことだぞ。学校にすぐ連絡が行ったか怪しいのに、どこから生徒会が律人の欠席を聞きつけたんだ？

ふと、黒木さんが踵を返した。すると、黒木さんはこちらに気づいたようで、ジト目を向けてきた。

俺も観念して、彼女と対面する。

「あら、あなたは、小鳥遊君でしたか？　覗きとは、趣味が悪いですね」

落ち着けよ、俺。気圧されている場合ではないだろう。

「別に覗いてたわけじゃねえよ」

だが、俺は口ごもってしまう。

迂闊なことを言えば、こちらが彼女を疑っていると見抜かれてしまいかねない。それにまだ俺たちは、この生徒会長が黒幕だという証拠を掴めていないのだ。

「黒木さんは生徒会の仕事で、お見舞いに来たのか？」

「いえ、まあ……」

どうしたんだ？　やけに歯切れの悪い返事だな。

「じゃあ、律人と親しかったのか？　そんな話、あいつから聞いたことないけど」

「いえ、彼自身とは、さほど親しいわけでは……私の両親と宇佐美君のご両親が懇意にしておりまして、昔からの顔なじみといった程度でしょうか」

「へえ。そりゃ知らなかったな」

二人にそんな共通点があったとは、寝耳に水だった。

「では、私はこれで失礼しますわ」

と、会長は素っ気なく立ち去っていく。

駆け引きをする隙さえ、与えてもらえなかった。

「本当にただの見舞いだったのか？」

どうも怪しかったが、追い掛けて追及するのも不自然だろう。

今は、律人と真正面から向き合うことだけを考えるんだ。

そして、俺は意を決して、インターホンを鳴らす。

『はい、どちら様ですか？』

おそらく母親の声だろう。

「あの……律人くんのクラスメイトの、小鳥遊六樹って言います」

『小鳥遊六樹……ああ、昨日連絡をくれた子……』

母親の声音から、なぜか歓迎されていない様子が感じ取れた。

「すみません、律人くんのお見舞いに伺ったんですけど」

『ごめんなさいね。律人から、あなたが来ても、家に上げないでと言われているのよ』

「えっ……律人が？」

『そういうことだから、ごめんなさいね……』

ブツッと、そこで、インターホンが途切れた。

鳥の囀りと、時折通る車の走行音が空しく響く。

俺は律人に拒絶されたって言うのか？

「いや、待てよ。律人は、呪われてしまったんだ。まともに会話なんかできないはずだろ？」

俺たちのバンド活動に反対する母親の独断とも考えられるが、それよりも怪しい奴がいるじゃねえか。

「もしかして黒木さんの仕業か……？」

黒木さんが何らかの手口で、俺たちのバンド活動を妨害していた可能性は高まった。その方法が、親同士の繋がりを利用した、情報操作だったとしたら？

母親が予備校に熱心になったことも、黒木さんが入れ知恵をしていたのか？

将来有望な生徒会長である彼女の言うことならば、大抵の保護者は信用してしまうだろう。おまけにぼっちの俺に味方なんていない。彼女の悪事を告発したところで、俺の分が悪いのは、火を見るより明らかだ。

「ずっと外堀から埋められてたってことなのか？」

律人が言っていた黒木さんとの話し合いとは、バンド活動についてだったんだろう。

「そうだよ……文化祭ライブに出るって約束したのに、急に練習を断るようになるなんて、おかしいだろ」

でも、そんなことをして、黒木さんに何のメリットがあるんだ？

ふと俺は、翔也の言葉を思い出す。あんまり顔を合わせたくない奴がいる。そう言って、翔也が俺に委員会を押し付けたことがあった。

「おいおい、翔也の気まずい相手って、黒木さんだったってことか？」

つまり二人の間で一悶着あった、ということなのか？

俺たちを取り巻く事象を、彼女中心に考えていくと、全て合点がいくじゃないか。

「だったら、昨日の変なお面のやつも、やっぱり黒木さんの指示で？」

彼女が俺たちのバンドを憎む理由。その原因は、翔也にあるのかもしれない。

「庄條さんに、知らせなきゃ……」

言うが早いか、俺は駆け出していた。

※

庄條さんとの待ち合わせに指定されたのは、人目につきにくい木材置き場の倉庫だった。

「庄條さんは、何だってわざわざこんな場所を選んだんだ？」

俺と一緒にいるところを誰かに見つかるのが嫌だったのか？　まあ、あらぬ噂が立つのは、庄條さんに申し訳ないから、別にいいんだけど。

木材の積まれたラックを背もたれにして、俺は思案していた。

「疑心暗鬼になりすぎているだけなんだろうか？」

黒木さんの不気味さを、庄條さんにうまく論じられるだろうか。

「クックックッ。早いじゃないか、眷属よ」

と、庄條さんが到着したようだ。

「おお、おはよう……って、えっ？」

俺は目を丸くして、ワナワナと唇を震わす。

「その反応は、とてもショックなのだが……？」

「いや、だって」

俺が目にしたのは、こんな雑然とした倉庫には似合わない、煽情的な衣装なのだ。

裾がフレアになった黒いフリルつきのワンピースに、白いエプロン。首元にはリボンが添えられている。

どういうわけなのか、待ち合わせ場所に現れた庄條さんは、メイド服姿だった。

「何でメイド服なんだよ？」

「クックックッ。眷属よ、我がクラスの出し物を言ってみよ？」

「メイド喫茶だろ？」

「そうだ。予算の都合で衣装が足りなくなったと連絡が回ってきてな、急遽メイド服を持っている我に白羽の矢が立ったのだ……クックックッ、だからこれは自前だ」

「なるほど。だからって、家から着てくることは無かったんじゃねえか？」

「学校で着替えるのも、色々と面倒臭いではないか」

そう言いながら庄條さんは顔を俯け、何か言いたげな様子で、もじもじしている。

BA AAN
!!

「眷属よ……」

「どうした？」

「我の衣装を見た感想は無いのか……？」

「感想!?　か、可愛いんじゃねえか……？」

「そ、そうか……クックックッ、なかなかいやらしい目をしよるわ」

「そ、そんなことねえよ！」

肌の露出もあって、目のやり場には困るのは事実だけど。

と、庄條さんは急に真顔になった。

「ところで眷属よ……一つお願いをしてもいいだろうか？」

「えっ、お願い？　そりゃ、内容によるだろ？」

「実は、『セルフィ』のことなのだが……」

『セルフィ』とは、文化祭委員のアカウントに自撮り写真をＤＭするっていう、庄條さんの持ち込み企画のことだ。ふと俺は、庄條さんの熱弁を思い返す。この文化祭で友達を作りたいという彼女の演説は、なかなかに胸を打つものがあった。

「あの企画のことか。で、何かマズイことでも起こったのか？」

「そういうわけではないのだが……」

「じゃあ、どうしたんだよ？」

俺が尋ねると、庄條さんは深呼吸をする。そして、不安げに手を胸に置き、

「眷属よ。我と一緒に、文化祭を見て回らないか？」

「えっ？　それって、校内を俺と自撮りして回るってことか？」

「ダメだろうか……？」

庄條さんは、何で俺なんかを誘うんだろうか？　クラスのみんなと仲良くなりたかったんじゃなかったのか？　でも、こんなに真剣に頼まれては、袖にする理由もないだろ。

「別に、俺は構わねえけど……」

と、俺が色よい返事をすると、メイド服姿の可憐な少女が、晴れやかに微笑んだ。

「クックックッ。では、楽しみにしているぞ」

「おう……でも、俺の休憩は夕方だから、後でみんなと都合をつけておいてくれ」

「うむ、問題ない」

いかん、これこそ安請け合いだったんじゃなかろうか。

紅潮する頰を気付かれないように、俺は庄條さんに背中を向ける。

「じゃあ、さっさと学校に向かおうぜ」

庄條さんが「うむ」と短く応え、俺たちは、とぼとぼと歩き出した。

「そうだ、俺の話も聞いてもらっていいか？」

こちらも、『ロキ』の呪いのことで、相談したいことがあるのだ。

「どうしたのだ、そんな改まって」

「呪いを拡散させている奴の正体が、分かったかもしれない」

「なに？」

庄條さんは驚いた様子で、立ち止まった。

「どういうことか、我に説明してみせよ」

「って言っても、まだ証拠を掴めた訳じゃねえんだよ。でも、そいつが妙に俺を敵対視しているみたいだったから、段々と気になっていったって言うか」

庄條さんは、ごくりと喉を鳴らす。

「前置きはいい。それは、誰なのだ？」

「えっと、そいつは……」

俺は覚悟を決めて、庄條さんに打ち明ける。

「たぶん呪いを拡散させているのは、黒木さんだ」

「なに？　あの黒木真琴が、首謀者だと言うのか……？」

庄條さんは考え込む素振りをみせ、眉をひそめた。そして、続ける。

「何のために、彼女は呪いを拡散していると言うのだ？」

俺は昨日起こったことを庄條さんに伝える。

「昨日、律人と翔也が、『ロキ』の呪いに掛けられたことは、電話で伝えたよな？」

「うむ……」

「それでさっき、律人の家に見舞いに行ったら、先に黒木さんがいたんだよ」

「生徒会の見回り業務じゃないのか？」

「いや、話が伝わるのが早すぎると思わねえか？」

「言われてみれば、そうか。彼女は、どうやって彼が倒れた情報を知ったのだ？」

「どうも、二人の親同士が繋がってたみたいなんだ」

「それなら、黒木さんが見舞いに向かってても不思議ではないだろう？」

「いや、黒木さんは、見舞いに行ったんじゃねえよ。たぶん律人の母親を通じて、俺たちのバンド活動を妨害していたんだ」

「妨害？　なぜ彼女が、そんなことをする必要があるのだ？」

「俺は、翔也が原因なんじゃないかって思ってる」

「ほう、黒木さんと響くんとの間に、何かがあったと言うのか？」

「ああ、たとえば恋愛とかかな。こんなことを憶測で語るのは、無粋かもしれねえけど。でも、何かに打ちのめされなかったら、青春の破壊なんて物騒な真似はしねえだろ」

「ふむ、なるほどな。だが、あのお堅い生徒会長に、そんな恋愛脳があるだろうか？」

「分かんねえけど。あいつ、しつこそうだろ？」

俺は、黒木さんから私怨のようなものを感じていた。黒木さんの目的は、おそらく翔也の人間関係を無茶苦茶にすることなのではないだろうか。

「な？　こうやって考えてみると、黒木さんが怪しいってことにならないか？　庄條さんはどう思う？」

「うむ、まだグレーと言ったところだが……」

庄條さんは、俺を見つめ、

「いっそのこと、本人に確かめてみてはどうか……？」

「えっ？　どうやってだよ？」

「生徒会長は映画研究部の部長も兼務している。映画研究部は代々、文化祭で自主製作の映画を上映しているのだ。そこに件の彼を連れ出すと言うのは、いかがかな？」

「翔也を？　でも、今はあいつ、会話できるような状態じゃないだろ」

「それもそうか。呪いの後遺症とは難儀なことだ……」

「とりあえず、連絡だけでも取ってみるか」

「本人にか？」

「いや、翔也の兄貴に」

「ほう、眷属よ。彼のお兄さんとは、親しいのか？」

「俺たちがバンドを始めた時の、師匠みたいな人だからな」

「では、彼のお兄さんも、バンドマンなのか？」

「ああ、そうだぜ。だから、翔也が今どんな病状か、聞いてみるよ」

俺がスマホを取り出すと、白雪舞輪が慌てた様子で、電話のアイコンにしがみつく。

『電話を掛ける気かい？　あれは、目がグルグルするんだよ』

「仕方ねえだろ。会話が終わるまで大人しくしてろ」

『なるべく短めにお願いしたい……』

そして、俺は翔也の兄である、響純也さんの番号に電話を掛けた。

『はい……』

「もしもし、純也さん？　小鳥遊です」

『おいおい、誰かと思ったら六樹かよ……こんな朝っぱらから、どうした？』

「あの、翔也って、今何してますか？」

『はあ？　翔也ならもうとっくに学校に向かったぞ？』

「えっ、嘘でしょ？　翔也の体調はもう大丈夫だったんですか？」

『はあ？　翔也なら、昨日家に連れて帰った後から、ずっとピンピンしてるぞ？』

にわかに信じがたい報告だった。この人、弟のことにすら無頓着だから、翔也の変化に気付いていないだけじゃないだろうな？

『それより、今日は文化祭だろ？　こっちは、午後から機材の搬入だって手伝わされるんだぞ？　もうちょっと寝かせてくれよ』

「えっ？　翔也は、ライブをやるって言ってたんですか？」

『そんなの、わざわざ訊いてないけどよ……でもなんか、変なこと言ってたな』

「変なことって、何ですか？」

『何だっけな……ライブとは別のだな。何かの部の、何たらに参加するとか』

「それじゃあ、全然わかりませんよ！　よく思い出してくださいって！」

『おい、いきなり怒鳴るなよ……そんなこと言われてもだな』

「それって、映画研究部だったりしませんか？」

『ああ、そうだそうだ。映画の上映会に参加するとか』

「それだけ聞ければ十分です。純也さん、ありがとうございました」

『おい、六樹？　こりゃ、何の電話だったんだよ？　おい？　おーい？』

スマホの向こうで純也さんが素っ頓狂な声を上げているが、俺は構わず電話を切る。

俺たちの会話を聞いていた庄條さんは、不思議そうに尋ねる。

「なぜ、響くんが、映画研究部の手伝いをするのだ？」

スマホの中でグッタリした白雪舞輪が答える。

『翔也くんの意思か、それとも生徒会長の策略か……どちらにせよ、二人の間に何かあるっていう小鳥遊くんの推測は、間違いではなさそうだね……』

「おい、白雪舞輪、しんどいなら無理して喋らなくていいぞ」

俺がスマホに話し掛ける傍らで、庄條さんが神妙な面持ちで口を開く。

「眷属よ。学校に着いたら、まずは上映会のスケジュールを確認しようではないか」

俺の疑惑が確信に近づいた瞬間だった。

※

俺たち学生にとって、文化祭は最大のリア充イベントである。

クラスや部活が一致団結し、今日まで奔走してきた。

教室に掲げる手作りの看板や、十人十色のユニークな衣装。どの店舗も、きっと夜通し準備していたに違いない。皆の弾けんばかりの笑顔を見ていると、この行事が、まさに青春の象徴であるということを思い知らされる。

だが、そんな校内の賑わいをやっかむ連中がいることを、俺は知っている。

「こいつらの中にも、【青春傍観信仰】が、紛れ込んでるんだろうな」

生徒たちが楽しそうにはしゃぐ姿を横目に、俺は殺気立っていた。

いかん。どうも今日の自分は、みんなを疑いの目で見てしまう。

さて、俺の持ち場はというと厨房だ。とりわけウチのメイド喫茶は盛況で、ひっきりなしにオーダーが通されてくる。

ありきたりな企画だと言うのに、こんなに客足が向くとは思ってもみなかった。探せば、他にも模擬店なんて、たくさんあると思うのだが。

「おい、小鳥遊！　ボサっとしてないで、早くオムライス作ってよね！」

「あー、はいはい……すぐやるっつーの」

気だるそうに応えると、メイド服を着たクラスメイトに睨まれた。

はっきり言って俺は、彼女が苦手である。こいつは、浦井カナコ。リア充グループのリーダーだ。周りを見下すような態度が、俺には鼻につく。

音楽で俺が見返したいと思っているのは、こういう奴らのことなんだ。

自撮り企画を盛り上げようと、店内を童話の世界に見立てたレイアウトにしたことが人気を後押ししたらしい。ここで撮影すると映える、と評判だと女子たちが騒いでいた。

どうやら発案者は浦井さんみたいで、自分の手柄だと、ふんぞり返っている。

ともあれ閑古鳥が鳴くよりかは、忙しい方が良いに決まっている。こうやって調理に没頭していれば、嫌なことも忘れられるしな。

各テーブルでは、メイド服を着た女子たちが、こぞって撮影に協力している。

「こんな様子を見てると、この学校に呪いが蔓延しているなんて信じられねえな」

だけど、現実は残酷だ。ここに、俺の友人たちの姿は無い。律人と翔也にとっても高校最後の文化祭ライブだったのだ。楽しみにしていなかったわけがない。

「あいつら、大丈夫かな……」

律人と翔也のことを考えると、気持ちが塞いで、つい手が止まってしまう。

「おい、小鳥遊なにしてんだよ！　早く作れって、言ってんでしょ！」

「うるせえな、すぐ作るよ」

なんか俺だけコキ使われているような気がして、釈然としない。

それでも、みんなの笑顔が理不尽に壊されていくのは、許せなかった。

なぜ、この学校で呪いが拡散されたのだろうか。

黒木さんが【青春傍観信仰】の首謀者だから、なのか？　彼女のターゲットは翔也で、その腹いせに関係のない生徒まで巻き込んでいるのか？

「手遅れになる前に、止めさせないとな」

俺の知る限り、まだ死人は出ていない。今ならまだ取り返しがつくかもしれない。

「眷属よ？」

と、のれんを掻き上げて、庄條さんがひょっこりと厨房を覗き込んできた。

「どうした？　また追加オーダーか？」

「そうではない。さっきから眷属のスマホが震えているが、いいのか？」

「えっ？　ああ、料理に夢中で気がつかなかった。純也さんからだ」

俺は慌てて、スマホを手に取る。

「もしもし。純也さん？」

『お前、すぐ出ろよ！　何回鳴らしたと思ってんだよ！』

「ごめんなさい、仕事中だったんですよ」

『まあ、そういうことなら仕方ないけどよ。それはそうと、ライブは夕方だろ？　そっちに向かう時間を確認したくて電話したんだ。翔也のやつ、何も言わずに出ていきやがって。連絡もつかねえし』

　この後、純也さんが機材車で、翔也のドラムセットを持ち込んでくれる段取りになっていた。だが、どうしたものか。呪われた翔也には自我がありませんなんて言ったら、きっと俺が病院に連れて行かれるだろう。

　純也さんには、素直にライブの中止を伝えた方がいいのではなかろうか。でも、やっぱり準備しておきたい気持ちもある。だって俺は今も、二人の回復が文化祭ライブに間に合うことを信じているんだ。だから、純也さんには悪いが、真実を伏せることにする。

「出演が夕方の四時なんで、準備とかいろいろ逆算したら、二時くらいに来てもらえれば助かるんですけど」

『おう。じゃあ、そのくらいで調整するわ』

「ありがとうございます」

『礼なんかいらないから、今日は頑張れよ』

そこで電話は切れた。頑張れという言葉が、今日は胸に痛かった。

「お兄さん、来てくれることになったのか？」

「おう……ライブはやれないって、言い出せなかったよ」

「クックックッ。では、有言実行するために、彼らの呪いを解かなければな」

「ああ。そのために、まず上映会に潜入しねえと」

「眷属よ、そのことなのだが……」

「うん？　何でそんな思いつめた顔をしてんだよ？」

「いいから、これを見てみよ」

俺は庄條さんから青色のパンフレットを手渡される。

「いくら探しても無いのだ――上映会なんてプログラムはどこにも」

「はあ？　そんなはずねえだろ？」

俺は隅々まで冊子に目を通したが、庄條さんの言う通り、映画研究部の名前はどこにも印字されていなかった。

「これ、わざと載せてないんじゃないのか？」

「わざわざ掲載を省く理由など、何があると言うのだ？」

「たぶん、みんなに秘密にしておきたい事情があるってことだよな」

「では、その事情とやらが、呪いに関係しているのか？」

「だろうな。でも、呪いに関することで、上映会に繋がることか……おい？　まさか、黒木さんは、『ロキ』を上映する気じゃねえのか？」

「なに、『ロキ』をだと？　だが、検索に引っ掛からないあの動画を、どうやって流すつもりなのだ……？」

「動画の意思が、呪いの拡散を望んでるってことじゃねえか？」

俺は厨房から駆け出す。

「眷属よ、どこに行くのだ？」

「もう時間がねえ！　どこか怪しい店舗がないか、探してくる！」

「待て、我も付き添おう！」

こうして職務放棄をした俺たちは、黒木さんの足取りを追うことにした。

庄條さんは、制服に着替えていた。

「俺たち、後で浦井さんに絞られそうだな」

「クックックッ。死ぬときは一緒だぞ？」

階段の踊り場で立ち止まり、俺たちはパンフレットを広げる。

「黒木さんのクラスは、フリーマーケットか」

「何か手掛かりがあるかもしれん。寄ってみるか？」

「そうだな」

人波を掻き分けて、俺たちは黒木さんのクラスに向かう。

「いらっしゃいませ！」

戸口に立つ愛想のいい女の子が、元気な声で迎えてくれた。

ざっと中を見渡す限り、残念ながら黒木会長の姿は見当たらなかった。

「さあさあ、どうぞ見てってくださいね〜みんなの私物だけじゃなくて、この日のために用意した手作り品もありますからねぇ」

「へえ。手作りねえ」

教室の中には長机が壁に沿うように配置されて、売り物になる商品が並べられている。

ＣＤや漫画、洋服、食器なんかが大半で、リーズナブルな価格設定だ。なるほど、オークションアプリで購入するより、安価で掘り出し物をゲットできるかもしれない。

床にも商品が置かれており、それらは手作りのキーホルダーらしい。街でよくある露店のようにシートを敷き、売り子が何かを掲げて軽妙に接客をしている。

「あれ、流行ってんのかな？」

掲げられたチェーンの先につくチャームは、青い円の中に白い円、さらにその中に赤い円を置いたデザインだった。俺はこの手の知識はある方だ。これはモッズ系と呼ばれる、イギリス発祥のカルチャーである。

そのムーブメントの象徴とも呼ぶべきロゴが、このターゲットマークなのだ。

「少なくとも、高校生が好き好んで買うようなものじゃねえな」

どちらかというとアーミーな分野なので、俺には理解できないセンスだ。

しかし、傍らの庄條さんは屈んで、興味ありげに金具を持ち上げていた。

「クックックッ。この可愛さが分からんとは、眷属もまだまだだな」

「こんなもん、分からなくて結構だ」

これのどこが中二病心をくすぐるのだろうか？　まったくもって俺は共感できない。

俺たちが話していると、ポニーテールの女子が話し掛けてきた。

「彼女、お目が高いねぇ！　今日はこいつら爆売れしてるんだよ！」

「ほう。そんなに人気なのか？」

「そうだねぇ。けっこうカップルが、お揃いで買って行ったりしてるかな？」

嘘つけ。この売り子のはったりだろ。こんなデザインで、ヒットするわけねぇよ。

だが、庄條さんは、すっかり信じ込んでしまったようで、催眠術を掛けるみたいに、チャームをブラブラと振りながら吟味している。そして、俺の方に首を向けると、

「クックックッ……では、これを、お揃いでつけようではないか？」

庄條さんが冗談めかして、蠱惑的に笑んだ。

「え、遠慮するよ……」

思わず心臓が跳ねた。庄條さんめ、どういうつもりだよ。

さっき売り子が、カップルに人気って言ってたよな？

「ええ、思い切って買っちゃいなよ！　素敵なカップル特典もあるから！」

「そもそも俺は彼氏じゃねえ⁉　ってか、カップル特典って何だよ？　値引きとか？」

「違う、違う。いま校内で自撮りイベントやってるじゃない？　ちゃんとコレをつけて回ってくれたら、ちょっとしたご褒美があるんだよ」

「要はこれをつけて、宣伝して回れってことか」

というか、俺たちはこんなところで油を売っている場合じゃないのでは？

しかし、庄條さんは思い立ったように、

「二つ、いただこう！」

「えっ？　本当に買うのか？」

「心配無用だ。眷属の分は、我が出すぞ」

「いや、そんなの悪いって」

「クックックッ、遠慮するな。今日一緒に回ってくれる、お礼を先払いするだけだ」

そう言われてしまっては、断るのも野暮だろう。

「そういうことなら、もらっとくけど」

俺たちのやり取りを見て、現金な売り子が笑顔を作る。

「へへん、まいどあり！　ちゃんと、見えるところにつけてくださいね。そうしたら、後でスタッフがお声掛けするんで」

　庄條さんはキーホルダーと引き換えに、ポケットから小銭を出して、売り子の手の上に置いた。

「あっ、ところで、黒木さんは、休憩中なのか？」

　俺が訊くと、売り子は立ち上がって周囲を見回す。

「そういえば、朝から黒木さんのこと、見掛けてないかも？　生徒会の方に顔を出してるのかな？」

「黒木さんがクラスを手伝う予定はないってことか……？」

「うん、まあ。忙しい人だからね。あっ、でも、このフリーマーケットは、黒木さんのアイデアなんだよ？」

「ふーん。黒木さんが、フリーマーケットを提案ねえ」

　そんな商売っ気のあるようなタイプには見えないが。

「おかげさまで売り上げも好調だし、感謝だよねぇ」

　と、売り子さんは、ニヒヒと意地汚い笑みを浮かべるのであった。

　俺たちは、フリマ会場を後にして、ブラブラと廊下を歩き始める。

「眷属よ、収穫なしだったな」

戦利品は、庄條さんとお揃いで買ったターゲットマークのキーホルダーだけか。

「見える場所につけろって言われてもなあ……庄條さんはどこにつけるんだ？」

「うむ、そうだな……あっ、良いところがあるではないか」

庄條さんが、俺の腰に向かって手を伸ばす。

「おい、何してんだ!?」

「クックックッ、できたぞ」

「なるほど、ベルトループって手があったか」

そして、庄條さんはスカートのホックにチェーンの先を引っ掛ける。

ペアルックのようで、すぐさま俺は気恥ずかしくなってくる。

「でも、売り子が言ってた、特典って何なんだろうな？」

「たとえば、無料で占いをしてくれるとか？」

「庄條さん、占いなんて興味あったのか？」

「あるぞ」

「ふーん。どんなことを占ってもらいたいんだ？」

「クックックッ、そうだな……たとえば、君との相性とかな？」

「えっ!? 俺との相性なんて、何で知りたいんだよ!?」

予想外の答えに、俺はどぎまぎしてしまう。

「クックックッ。何を動揺しているのだ。勿論、眷属として相応しいかどうかを占ってもらうということだぞ？」

「あっ、眷属としてか……」

「当たり前だ」

庄條さんは、得意げに胸を反らす。

何だか今日の庄條さんはいつもより饒舌な気がする。

「ちょっと、あんたら、こんなとこにいたわけ？」

「げっ……」

庄條さんと油を売っていると、廊下で浦井さんとバッタリ会ってしまった。

浦井さんは、取り巻きの女子を何人か引き連れての登場だ。

「うわぁ……あんたらも、それ買ってんじゃん。お揃いとか、キモ」

どうやら俺たちが腰につけるキーホルダーを、指さしているらしい。

見たところ、全員がポケットに金具を引っ掛けているようだった。

「いや、ちゃっかり浦井さんたちも買ってんじゃん……」

「ウチらはいいんだよ」

なんだよ、その独善的なルール設定は。

「ってかさ。いまかき入れ時なんだから、早くクラスに戻りなさいよ」

「浦井さんこそ、休憩時間じゃねえだろ」

「はあ？　何か言った？」

浦井さんにすごまれて、俺は萎縮してしまう。続けて彼女は、俺の後ろに隠れる庄條さんにも睨みをきかせる。

「分かった、謝罪しよう。我らが職場を離れたのは、闇の王からの指令で……」

浦井さんは、しおらしい態度の庄條さんのもとに近づき、耳元で囁いた。

「わけわかんないこと言ってないで、早く戻れよ、ブス」

予想だにしていなかった展開に、俺は呆けて、大口を開けてしまった。

暴言を吐かれた庄條さんは、申し訳なさそうに顔を俯ける。

「ごめんなさい……」

そう繰り返し、その小さな体は、小刻みに震えていた。取り巻きたちは庄條さんを庇うどころか、怯える彼女を見て、クスクスと笑っている。

えっ？　なにこれ？　めちゃくちゃ腹立たしいぞ。

カチンときた俺は、思わず粋がった。

「おい、今の発言を取り消せよ」

「はあ、なに？　あんた、彼氏ぶってるわけ？　彼女にカッコいいところ見せないといけないもんね。ぼっち同士、お似合いじゃん」

パチパチと手を叩き、こちらを煽ってくる。

「庄條さん、いつもこんな嫌がらせをされていたのか？」

俺は庄條さんに問い掛ける。だが、報復を恐れたのか、彼女は黙ったままだ。

「黙ってるってことは、認めるんだな？」

俺は大きく息を吸い込む。そして、庄條さんの手を掴んだ。

「えっ？　何をする気だ、眷属よ……？」

「いいか、思いっきり走るぞ？」

俺は強引に庄條さんを引っ張って、駆け出した。そして、浦井さんを振り返り、

「ブスって言った方が、ブスなんだよ、ブス！」

酷い捨て台詞を吐いて、正面を向き直す。

ポカンと呆気に取られた浦井さんとその取り巻きは、何が起こったのか分からないという感じで立ち尽くしている。

「小鳥遊！　お前、マジ殺すからな！」

ああ、もうどうにでもなれ。でも、俺には許せなかったんだ。

あんな奴らに、庄條さんのことを馬鹿にされたことが。

そんなこんなで二人で、露店の並ぶ、校外エリアまで避難した。

「はあはあ……ごめん、庄條さん、勝手にあんなこと言って……」

と、庄條さんは、唐突に肩を震わせ始める。

「クッ……クックックッ……あははは」

「庄條さん？」

「あはは、これが笑わずにいられるか……奴ら、君にブス呼ばわりされて、間抜けな顔をしておったわ」

「だって、あいつら……あんな寄ってたかって、卑怯だろ」

「君は、本当に優しいな」

庄條さんが、俺の頭を撫でる。

「えっ、何だよ⁉」

そんなことをされるとは夢にも思っておらず、俺はただ狼狽してしまう。

「——このクラスで我の味方は、やっぱり眷属だけだな……」

その言葉の真意が、額面通りなのか分からなかったが、

「そんなことねえよ……律人や、翔也だって」

「そうだったな……」

そう言って庄條さんは、俺の髪から手を放す。

「もっと早く、君と出会っていれば、あるいは……」

庄條さんは語気を弱め、目を瞑った。だが、すぐに仕切り直して、

「さあ、眷属よ。黒木さんを探しに行こうではないか」

「そうだな」

そして、俺は、先導する彼女の案内で、しらみつぶしに店舗を回るのであった。

だが、不思議なことに、上映会が行われそうな場所など、どこにも無かった。

訪問した店舗には、きちんとパンフレットにバツ印をつけていたのだが。

「とうとう全部、バツがついちゃったな」

「うむ、これだけ探して見つからないとは」

映画の上映には、大型のモニターやプロジェクターが必要だ。それを使える部屋なんて限られているはず。必然的に、体育館や視聴覚室が怪しいと睨んでいたのだが、それらも別のイベントで埋まっており、当てが外れた。

いよいよ、万策尽きた俺たちは、校舎の廊下で途方に暮れているってわけだ。

「これだけ歩き回って、翔也を見掛けないってのも変だよな……純也さんの話は、ガセだったんじゃねえか？」

ふと時計を見ると、もう俺たちが出演する予定時刻の四時を回っていた。

「くそっ、俺もあいつらも、ライブ楽しみにしてたのにな……」

「眷属よ？　響くんのお兄さんに、連絡しなくて良かったのか？」

「しまった!?　純也さんのこと、すっかり忘れてた!?」

確認すると、俺のスマホには、師匠からの十数件の着信履歴が残っていた。

そして、この時、俺は妙なことに気が付いてしまった。

「なあ？　何か、おかしいと思わねえか？」

「おかしいとは、何がだ？」

「文化祭は、まだ続いてるはずだろ？　なのに、さっきから静かすぎねえか？」

「言われてみれば、ずいぶん人が少ないな……」

段々と混雑の落ち着きは感じていたが、夕方になったからかと気にしていなかった。しかし、ここまで極端な来場者数の落ち込みとなると、作為的ではないかと疑ってしまう。

「一度、クラスに戻ってみねえか？」

「うむ、そうしよう」

大わらわで、俺たちは廊下を駆け抜ける。

「みんな、無事か？」

しかし、到着したメイド喫茶には、人っこ一人いなかった。食器やらを残し、もぬけの殻となった教室を見て、俺たちは肩を落とす。

「こんなの、まるで神隠しじゃねえかよ？」

「これも生徒会長の仕業だと言うのか……？」

と、その時だった。

「――ギャアァ!?」

　突然、廊下に響き渡った、物々しい悲鳴。

「な、なんだ!?」

　急いで戸口に駆け寄り、俺は周囲を見回す。

　だが、廊下には人の気配など無かった。

「何だよ、誰もいねえじゃん。いや、あれは……？」

　廊下の端から、こちらに向かってくる不気味な人影が視認できた。

「なんなんだ、あいつらは？　パレードでもやってんのか？」

　そいつは背後に、数名の同志を引き連れていた。

　のそり、のそり。手を後ろに組み、こちらに近づく制服姿の女子。しかし、奇妙なのは、その顔の輪郭が真円であることだ。そう見えるのは、彼女がターゲットマークのお面を被っているから。奇しくも、黒木会長のクラスで販売していた、あのデザインと同種である。

「はいはーい。そこのお二人さーん」

　お面の女の子はポニーテールを揺らして、俺たちの眼前に立ちはだかる。

「言ったよね？　さあ、特典発表のお時間でーす」

その声と髪型には、覚えがあった。

「あんたは、さっきの売り子か……？」

「はーい。そうでーす」

接客時と変わらぬ軽妙なノリで、女の子が挙手する。

「それで、特典って結局なんなんだ？」

「その特典として、今から君たちには、ゲームに参加してもらうんだよ？」

「ゲームだと？」

あまり面白そうな話ではないことだけは、ビンビン伝わってくる。

それにしても、このターゲットマークには、何の意味があるんだ？

「それじゃあ、簡単に概要を説明するよぉ」

彼女が胸の前でパンッと手を叩くと、背後から同じターゲットマークの面をつけた生徒たちが集まってきた。指折り数えてみると、五名いるようだ。

しかし、俺は、その集団の中に、素顔の生徒が一人交じっていることに気が付く。その男子は、手足を拘束され、酷く身を震わせているではないか。

「助けてくれ!?　何なんだよ、こいつらはよ!?」

泣いて懇願するそいつの顔を見て、俺は驚いた。その彼がクラスメイトだったからだ。

奇しくも、彼もあのターゲットマークのキーホルダーを、しっかりとベルトループに引っ掛けてある。

「さっきの悲鳴は、お前か？」

「ああ、そうだよ……いきなりこいつらがウチの喫茶店にやってきて、みんな、連れてかれちまったんだよ」

「えっ？　クラスのみんなが？」

「ああ……最初は何かの余興かなと思って笑って見てたんだけど、目の前でクラスメイトが何人も殴られるうちに、これはヤバイ連中だってことに気付いて……」

「ちょっと待て？　何で俺たちのクラスが、標的にされたんだよ？」

「こっちが聞きてえよ！　かろうじて逃げ出せた奴らも、俺みたいに捕まってる……マジ何なんだよ、こいつら！　何で俺たちが、こんな目に遭わなきゃいけねえんだ？」

こりゃ、どういう状況なんだ？　俺のクラスメイトだけが、狩られる理由って何だよ？

俺が訝しんでいると、売り子が、声を弾ませる。

「ね？　簡単なゲームさ！」

「簡単なもんかよ、ちゃんと説明しろ！　お前たちの狙いは、何だ？」

「そりゃだって、君たちのクラスが、舞輪様の逆鱗に触れたんだもん。仕方ないじゃーん？」

「はあ？　知るか！　俺たちは、白雪舞輪と関わりなんかねえよ！」

売り子は肩をすくめる。

「ほらほら。そうやって君たちは、自分たちの罪さえ忘れていくの。何度もチャンスは与えてあげたじゃーん。でも、君たちの中にいるはずの、最後の一人が名乗り出なかったの。だから、こんな手荒な真似をしなければならなくなったわけ」

「最後の一人……？」

最後ってことは、既に自首したクラスメイトがいるってことなのか？

というか、売り子が語る、俺たちの罪とは、何のことを指しているんだよ。俺の知る限り、クラスで揉め事が起こったなんて話は聞いたことがない。

「尤も、素直に名乗り出るような奴らが、匿名でクソみたいなつぶやきなんてしないだろうけどね」

「つぶやき……？　さっきから何を言ってるんだ？」

「さあ、つまらない話はここいらで、おしまいね。じゃあ、お待ちかねのゲームを始めましょうかね。君たちは我々から逃げるだけ。これは、しごく簡単な——脱出ゲームだよーん」

「脱出ゲームだと？」

「君たちが全員狩られたら、ゲームオーバー。ただし、最後まで逃げ切った人だけは、見逃してあげちゃおうかなぁ。でも、そのかわり——」

売り子は間を溜めて、

「——捕まえた他の奴らは、皆殺しね！」

そうして、お面の軍勢が一斉に、天高く拳を突き上げる。

「——ロキロキロックンロール！　私たちは、青春破壊テロ集団、【青春傍観信仰（モノクローム）】！

青春なんか、ぶっ壊しちゃえ！」

俺は、目の前が真っ白になった。こいつらは徒党を組んで、青春の破壊を目論（もくろ）んでいる。

その戦力がどれ程まで膨らんでいるのか、想像するのも億劫（おっくう）だ。

「お前たちが、【青春傍観信仰（モノクローム）】なのかよ」

俺が憎々しげに吐き捨てると、

「私たちは、親愛なる白雪舞輪（しらゆきまろん）様を崇拝する信者なのさ」

「信者だと？」

『ロキ』の呪いの元凶は、やっぱり白雪舞輪だって言うのか？　いや、それより。

「どうしてお前たちは、こんな滅茶苦茶（めちゃくちゃ）なことをするんだよ……？」

「はあ？　何言っちゃってんの、お前？」

売り子は首に青筋を立てて、嫌悪感を露（あら）わにする。

そして、自分の太ももを拳でボコボコ殴りつけながら、まくしたてる。

「青春なんてクソに決まってんじゃん！　恋愛だの、勉強だの、部活だの！　結局は、持つ者と持たざる者に選別されてしまうじゃん！　ウチらみたいな日陰者には、人生のスポットライトなんか一生当たらないって、おかしくないかな⁉」

売り子が、地団駄を踏む。

「舞輪様は、リア充とか非リア充とかいう、そんなクソつまらない境界線をぶっ壊してくれちゃう神様なんだよぉ！」

一転、嬉しげに売り子は腰を振る。

すると、廊下には、生徒たちがウジャウジャと湧いてくる。その目を見れば、既に理性が無いことは、すぐに分かった。だが、そいつらの方は、お面を被っていないようだ。

「これだけの信者を、どうやって集めたんだよ……？」

「そりゃ私たちは、今この瞬間も、信者を増やし続けているからね！」

「はあ？　どうやってだよ？」

「ふふふ、そんなの決まってるじゃーん。『ロキ』の上映会でだよぉ」

「いい加減なことを言うんじゃねえよ！　上映会なんてプログラムどこにも無かったぞ！」

「いや、それがあったんだなぁ～君たちのクラスには、オフレコだっただけでぇ」

売り子の女生徒が、これ見よがしに冊子を掲げる。

俺はハッとした。そうだよ、何でその発想に至らなかったんだ。

「正式なプログラムが載ってるのは、こっちの赤色のパンフだもーん」

「くそっ。じゃあ、俺たちのクラスにだけ、意図的に偽物のパンフレットが用意されてたってことか……」

あの時、副会長が、あんな失態を犯してくれたって言うのに、なぜ俺はちゃんと中身まで確認しなかったんだ。俺は自らの凡ミスを悔いた。

「そうだよ、俺は知っていた。呪いはこの学校を出ても効力があるって」

その件は、イレギュラーとの遭遇で立証済だ。つまり俺は、固定観念で校内のみに的を絞っていたが、この学園にこだわってちゃいけなかったんだ。

ようやく得心が行ったという様子で、庄條さんが切り出した。

「眷属よ……もしかして、上映会は？」

「ああ、おそらく学校の外で行われていたんだ」

俺は、悔しげに天を仰ぐ。

「校内から人が居なくなっていたのは、きっと上映会に連れ出されていたからだ」

「知らなかったのは、我がクラスだけだったのか……」

でも、これだけの人数の移動を、どうやってバレないようにやってみせたのだろうか。

「くそっ……どれだけ入念に策をめぐらせていたって言うんだよ、黒木の野郎！」

こうなっては、もう全てが後の祭りだ。

「はは！　今頃気づいても遅いね！　もう君たちのクラス以外は、みーんな信者だよ！　君たちには、クラス以外の全員が敵になる恐怖を味わってもらわなきゃ」

庄條さんが、歯を食いしばった。

「眷属よ、我がクラスで呪われた者は二人だけだったな」

「知る範囲では、翔也と律人だけだ」

「おそらくあの二人が呪われたのは、黒木さんによる眷属への嫌がらせだ。呪いの真の目的は、我がクラス以外の者を信者にし、このゲームを始めるためだったのではないか？」

売り子がにやりと笑う。

「気が付いたね。そう、舞輪様と黒木様の目的によって、呪いの対象は二通りに分かれるんだよ。黒木様が二人を狙ったのは、おまけみたいなものさ」

「おいおい。じゃあ、呪いを広めた目的は最初から、最後の一人って奴を探すために、俺たちを追い詰めることだったって言いたいのか？」

俺の問いに庄條さんが頷いた。

「うむ。おそらくこの呪いは、信者たちの行動をコントロールできる効果もあるのだろう。だから、我々のクラスメイトを殺さず生け捕りにできると……」

「そんなのもう、呪いじゃなくて洗脳じゃねえか」

俺たちのクラスに仕返しをするために信者を量産して、全校全体で私刑に処す。

この呪いは、そんな恐ろしい計画のために拡散されていたのか？

「白雪舞輪！　聞こえるかよぉ！」

俺はスマホを取り出す。そこには、神妙な面持ちの少女がいた。

「どんな小さいことでもいい……頼むから、何か思い出してくれよ？」

『すまない……ボクにはまだ彼らの話が、ちんぷんかんぷんなんだ……』

「じゃあ、せめて、こいつらを退けてくれよ！」

そして、俺は信者の大群に向けて、スマホを掲げる。

「これでどうだ！」

白雪舞輪の姿を見れば、信者がバタバタと気を失っていくはずだ。

だが、予想に反し、せいぜい面をつけない前方の数人が倒れた程度だった。

どうもこれは、距離のせいってだけでもなさそうだ。

「どうして、お前は倒れないんだよ……？」

売り子を含め、面を被った奴らは、微動だにしなかったのだ。

「ふーん、それが善意の魂かぁ。初めて目にしたよ」

『えっ、善意？　善意って何のこと？』

スマホの中の舞輪が驚いた声を上げる。

「私たちの崇拝する白雪舞輪様は、いわば拡散された悪意なんだよ。君たちもネット世界の罵詈雑言に、うんざりした経験はない？」

「ああ、匿名なのをいいことに酷いもんだ……ネットなんか気軽に覗くもんじゃねえよ」

「そんな心無いメッセージみたいに、悪意の象徴である舞輪様の魂は、どんどんと増殖し、意思を持つ動画として、この学校内に拡散されていったんだよ」

「だったら、お前の言う、善意の魂っていうのは、何なんだ？」

「おそらくそれが、本物の舞輪様の魂かな？」

俺は手に持ったスマホのディスプレイに目をやる。

『じゃあ、ボクから分裂した魂が、「ロキ」の呪いを拡散させてるってことかい？』

「うん、そう。この呪いを生み出したのは、君自身だってことさ」

売り子の話を聞いて、善意の白雪舞輪は震えている。

「じゃあ、何でこいつは、俺のスマホに現れたんだよ？」

「いやいや。そんなの、こっちが聞きたいんですけどぉ」

売り子は飄々と続ける。

「それからね、お面を被った私たちが、善意を見ても平気な理由だけど。小鳥遊くん？君は私たちの存在を、おかしいと感じないの？」

「お前がおかしいのは、公然の事実だろ？」

「そうじゃなくて。今まで君が出会ってきた信者たちは、私のように会話ができたかな？」

俺はギョッとして、目を見開いた。そうだ、なぜこいつらは意思疎通ができるんだ？

「つまり善意の魂を見て倒れるのは、そもそも最初から青春に対する憎しみを持たない人たちなんだよ。つまり、この兵隊さんたちだよぉ」

「じゃあ、兵隊はリア充で、お面のお前たちは非リア充ってことなのか？」

「うん、その認識でいいと思うよ」

けろりと言ってのける。

「私はずっと、青春なんて無くなっちゃえばいいと思ってたもん。だから、この状況は、すごーく楽しいよーん」

「お前は普通じゃねえよ……何でそんな風に思えるんだよ？」

「だって、私には思考が残ってるんだから、このいーっぱい居る信者たちを、好き放題に使役できるんだよ？　私たちをさんざん蔑んできたこいつらに、やっと復讐ができるんだもん！　【青春傍観信仰】ってば、最高じゃーん！」

「そんな残酷な発想しかできねえなら、まさにお前自身が、悪意だよ」

「あはは！　何とでも言ってよ。君だって舞輪様の悪意に触れちゃえば、理解できると思うよ。だって、私は知ってるもん――ぼっちの君は、こちら側の人間だよね？」

「俺は違う！　悪意なんかに飲み込まれたお前たちと、一緒にすんじゃねえ！」

俺はそんな人間じゃない。一緒になんかされたくない。

「俺はお前たちみたいに何もせず青春を妬んできたわけじゃねえよ。俺はこの現実をクソだと思っても、それを覆すためにステージに立つ男だ！」

「ふーん。じゃあ、私たちから逃げ切れたら、その意気込みを信じてあげよーかな」

くそっ。啖呵を切ったのはいいが、この数の兵隊たちから本当に逃げ切れるだろうか？　向こうは全校生徒をほぼ味方につけているんだ。ちくしょう、多勢に無勢とはこのことだぜ。

「手詰まりかよ……」

俺は歯噛みして、瞑目する。すると、それまでずっと俺の背中で縮こまっていた庄條さんが、売り子と向かい合わせになるように、颯爽と飛び出してきた。

「眷属よ……迷っている場合ではないぞ」

「でも、ここから俺は、どうしたらいいんだよ？」

「この学校を出て、黒木さんを探しに行くのだ」

「おい、まさか一人で戦うって言い出すんじゃねえだろうな？　無茶だぞ！　庄條さんは、あいつらと渡り合う武器なんか何も持ってねえだろ！」

庄條さんは覚悟を決めたように、ふっと笑った。

「クックックッ、このままでは共倒れだ……だが、どちらかが生き延びれば、みんなを救う可能性が残るじゃないか」

「ちょっと待ってくれ、本当に庄條さんを置いていけって言うのか？」

「眷属よ。これは我からの命令だぞ。いいから、行くのだ！」

庄條さんがどうなるかなんて、結果を聞かなくても分かる。

でも、誰かが黒木さんを止めなければ、クラス全員が【青春傍観信仰（モノクローム）】の餌食になってしまう。

「ここで、我が時間を稼ごう」

廊下は、信者たちに挟み撃ちされている状況だ。

必然的に逃げ場は一つしかない。だが、俺にそんな度胸があるか？

「生きるか死ぬか……だったら、生きる方を選ぶしかねえよな」

そうして俺は、窓枠に足を掛けた。

「この高さでも、眩暈（めまい）がしそうだぜ」

ここは二階だ。真下は裏庭。飛び降りることが不可能な高さとも言い切れない。

そして、幸いなことに、日除（ひよ）け目的なのか、途中で僅かに庇（ひさし）がある。一旦そこに降りてから木に飛び移れば、無傷で済むかもしれない。

俺は、なるべく地上から目を逸（そ）らすようにする。

「庄條さん……必ず助けに戻るからな！」

彼女だけは、俺が取り返す。そう、決めたんだ。

「うむ、信じているぞ？」

庄條さんの返事を確認してから俺は、

「一か八かだ！」

と、まず庇に垂直に跳ぶ。しかし、勢い余って、

「うわぁ!?」

滑り落ちそうになり、咄嗟に身を翻す。

そして、お尻を突き出した、かなり情けない体勢で窓枠に両手を掛ける。

「ふぅ、まだ何とかなる……」

それでもまだ三メートルはありそうだ。俺は身震いをした。

でも、庄條さんはもっと怖かったはずだ。俺は自分を奮い立たせる。

木に飛び込み、枝を掴むイメージ。気分はスーツアクターだ。

「全体重を掛けたら、絶対に折れる……でも、行くしかねえ！」

と、意を決して、コンクリートを蹴る。

「うおぉ！」

案の定、片手で掴んだ枝は、ほぼノータイムでバキッと音を立てる。

しかし、宙ぶらりんになっていた俺には、その一瞬さえあれば十分だった。

「よし……」

枝が折れる瞬間に、体を花壇の方に振る。

あそこで庄條さんが、花の匂いを嗅いでいたな、なんてことが思い出された。

そして、その花をクッションにするようにして、俺は背中から落下した。

「痛ててて」

こまめに手入れされている土壌が柔らかくて助かった。引き換えに、俺の体重に押しつぶされた花たちは、可哀相な見た目になってしまったが。

「ごめんな」

ぺしゃんこになった花に、そう一言詫びを入れて、俺はひょこっと立ち上がる。

「うん、大丈夫だ。どこも痛めてねえ」

服をめくれば、どこかに痣くらいはありそうだが、まだ走れるレベルだ。

「必ず、黒木真琴を見つけてやる！」

たった一人で敵に立ち向かった庄條さんの勇気に報いようと、俺は全力で走り出した。

※

校舎を出た俺は、唯一の武器であるスマホを頼りに、暴徒から逃げ続けていた。

『闇雲に探しても埒が明かないよ』

「ああ、早いとこ、例のパンフレットを見つけようぜ」

本物のパンフレットとやらを探し出して、黒木さんの居場所を突き止めなくては。

俺は一度、校舎の中に戻る。すると、何度も悲惨な光景を目撃することになった。

自分のクラスメイトが信者に捕まり、いたぶられていたのだ。助けてやりたい気持ちは山々だが、万が一でも自分が捕まるようなことになれば、全てが水の泡だ。

だから、心苦しかったが、俺はみんなを断腸の思いで見捨てるしかなかった。

しかし、理性を無くしているはずの兵隊たちが、なぜ俺たちを選別して、襲ってこれるのだろうか？　段々と不思議に思えてくる。

「他のクラスの奴の顔なんか、全員分は覚えられねえだろ？　どんな便利な催眠だよ」

と、立ち止まって考えていると、

「——みーつけた」

不意打ちで一人の兵隊と遭遇してしまった。

「やべえ、油断した！」

そいつは、やたらに俺の腰を狙って飛びついてくる。

「こいつ、何に反応してるんだ？」

俺は下半身に視線を落とす。すると、ベルトループで金具が揺れていた。

『小鳥遊くん。ひょっとして信者は、君のキーホルダーに反応しているんじゃないか？』

「奇遇だな。俺もそう思ってたところだ。クラスメイトのみんなもこれをつけてたからな」

売り子は俺たちのクラスを見分けさせるために、こいつを売っていたのか。あるいは、知らないうちに配ったのか。そうすると、どうやってクラスメイトの顔を判別したのだろうか。

「いや、今はそんなことどうでもいいな。なあ？　お前らは、これがお気に入りなのか？」

彼らは、このデザインでターゲットを識別するように、洗脳されているのかもしれない。呪いの発生源である白雪舞輪なら、そのくらい朝飯前だろ。

「それなら、取ってこいよ！」

俺はベルトループを引き千切る形で金具を外し、キーホルダーを遠くに放り投げてやる。

「あがっ⁉」

兵隊は呻き声を上げて、床で弾むそれを追い掛けていく。

「ビンゴだったか」

そして、再び走り出した俺が目にしたのは、今や信者に乗っ取られてしまった、この学園の成れの果てだった。

絶えず廊下に響く叫び声を聞いていると、今やもうこの場所に、まともな人間は存在しないことを思い知らされる。

「――ロキロキロックンロール！」

しかも、この一角だけではない。校内の至るところから、その不気味な声が聞こえてくるのだ。

「ちくしょう！　どこもかしこも、ロキロキうるせえんだよ！」

俺は『ロキ』を聴かされる前に、その部屋を後にし、走り出した。

「庄條さんは、大丈夫だよな……？」

彼女は自分の命を賭けて、俺を逃がしてくれた。その安否が気になるところだが。

そして、ようやく俺は、とある教室の床に、赤い表紙のパンフレットを見つけた。

「あった。これだよ」

粗末に転がる冊子を拾い上げた俺は、パラパラとページをめくり、奥歯を鳴らす。

「くそっ、すぐそこじゃねえかよ」

パンフレットには、ちゃんと上映会の会場が記されていた。そこは、学校の正門から目と鼻の先にあるビルの貸し会議室で、『ロキ』は午後から繰り返し上映されていたようだ。

「呪いを解く方法を見つけて、必ず庄條さんを助けるんだ……そのために探さねえと――黒木の奴を！」

呪い拡散の首謀者ならば、その解除方法を知っているかもしれない。

一縷の望みを託して、俺は貸し会議室に向かう。

呪いの根源を絶たなければ、悪意は止まってくれない。俺は瞬く間に拡散されてしまう人間の悪意というものに、脅威を覚えざるを得なかった。

本来ならば、俺たちはとっくにステージを終えて、後夜祭に顔を出している頃だ。

外はもう日も暮れ始めていた。

グラウンドの真ん中にはキャンプファイヤーが焚かれ、信者たちがその火の中に、教科書や部活用具をくべている。信者たちの後夜祭は、既に始まっているのだ。

そして、その炎を囲うようにして、身動きを取れないよう両手足を縛られた大人たちが、芋虫みたいにモゾモゾ動いていた。その光景は、まるで地獄絵図だ。

「あっ、純也さん!?」

その中に、翔也の兄貴である、純也さんの姿もあった。

だが、俺が純也さんを助けに向かうと、却って危険ではなかろうか？　俺は、黒木さんに狙われているんだ。師匠がバンドの協力者であることは、伏せておいた方がいいだろう。

それに師匠に万が一のことがあっては、正気を取り戻した翔也に、合わせる顔がない。

「後で助けに来ますから……」

俺は後ろを振り返ることなく、正門を潜るのであった。

貸し会議室のあるビルに着いた俺は、受付で守衛のおじさんに呼び止められてしまう。

「ちょっと、君。もうイベントは終了してるよ」

弱った、そうなのか。少し考えてから俺は、口から出まかせを吐く。

「俺、生徒会の関係者なんですよ。まだ片付けが残ってるらしくて、応援を頼まれて」

「えっ、そうなの？　じゃあ、これ通行証。首から下げといて」

「ありがとうございます！」

紐を首に通し、俺は会議室のある棟に向かう。

急いで螺旋階段を駆け上がり、その会議室のドアを開け、俺は叫んだ。

「黒木真琴！　いるんだろ！」

室内には、所狭しとパイプ椅子が並べられ、中央に昇降式のスクリーンが垂れていた。

「これは……」

プロジェクターが映し出すのは、一人の少女の姿。彼女の周囲には、漆黒の瘴気が捩じれるように舞い上がっている。そして、前髪の間からこちらを覗き込む凶暴な片目は、こちらを死に引きずり込もうと見開かれていた。

「これが呪いの元凶……悪意の白雪舞輪なのかよ」

俺は戦慄した。悪意のおどろおどろしい表情が、俺の心に絶えず恐怖を送り込んでくる。

ぐっと歯を食いしばっていなければ、立っていられない程だ。

どんな怨恨を抱けば、これほど強烈な悪意が生まれるんだよ。

【あー、だるー。見つかっちゃったね、真琴】

映像の中の悪意は台座に座ると、不機嫌そうに両足をブラブラさせた。

黒木会長は真ん中辺りの椅子に腰を掛け、スクリーンを見つめていた。

「まあ、これは、漏洩上等の小細工でしたからね」

俺は黒木さんに問い掛ける。

「どうやって、全校生徒を上映会に参加させたんだよ？」

「あら、興味がお有りですか。おっしゃる通り、学生映画ごとき、これだけの動員を集めるコンテンツかと訊かれたら、そんなはずはありませんわ。だからこそ私は、この会場を上映場所に選んだんですのよ」

「わざと会場を校外に設定したって言うのか？　何のために？」

「よくパンフレットをご覧なさい。このイベントに映画研究部は関与しておりませんわ。このイベントの主催は、生徒会となっているでしょう？」

「なに？　本当だ……課外授業って書いてあるな？　何でわざわざそんな言い回しを？」

「まだお分かりになりませんの？　映画を観るだけで内申点が加点されるなんてウマイ話に、うちの馬鹿どもが乗らないはずがなくってよ？」

「はあ？　何を言ってんだよ？　いや、待てよ。なるほど、そういうことだったのか……お前は生徒会の立場を利用して、内申点でみんなを釣ったんだな!?」

こんなラッキーイベントに参加しないで、ライバルと点差が開くなんてアホらしいだろう。そんな心理を利用して、出席しなければ損をするという強迫観念を、黒木さんが作り出していたんだ。

「でも、だったら、ウチのクラスに情報が漏れてきたって、おかしくねえだろ？」

「私どもは、各クラスに信者を潜り込ませておりましたの。そして、内申点を口実に他言しないように促し監視させた、というわけです」

「うちのクラスにも関係者を送り込んでいたのか……？　じゃあ、俺たちも他のクラスの奴らも、お前にまんまと誘導されていたってことか？」

「ええ。こちらの収容人数の関係で、集客は段階的に行わねばなりませんでしたから」

「そうやって俺たちに隠れて、少しずつ生徒を移動させていたのか？」

黒木さんが立ち上がり、頷いた。

「さて、もう『ロキ』も聴き飽きていたところです。私も脱出ゲームの方に参加することにしましょうか」

するとと、俺の背後から気配がする。その現れた人物たちの姿を見て、俺は瞠目した。

「翔也……？　律人も……」

会議室に入ってきたのは、俺のバンドメンバーだった。二人はゆっくりと黒木会長のもとに近づいていく。そして、黒木さんは翔也を抱き寄せ、彼の顎に手を回し、

「響くんは、私のものよ」

と、その大きな口元に、悪意に満ちた笑みを湛えた。

ようやく点と線が繋がった。やはり俺の想像は、正しかったわけだ。

「黒木真琴！　お前は、翔也を自分のものにするために、こんな無関係な大勢を巻き込む、馬鹿げたテロ行為に及んだって言うのか！」

黒木会長は、小馬鹿にするように鼻を鳴らした。

「ええ。だって私は、恋愛なんかにうつつを抜かす、脳みそお花畑の連中が、煩わしくて仕方が無かったんですもの」

「なんだよ、それ……じゃあ、何で俺たちのクラスメイトを狙うんだ！　最後の一人って何のことなんだよ！」

「それが、教祖様のご意思だからですわ」

「教祖って、白雪舞輪のことか？　じゃあ、脱出ゲームは、自分と無関係だって言うのか？」

「あのゲームは、私と協定を結んだ、ある方からのご指示ですもの」

「協定だと？　その薄気味悪い悪意が、主犯じゃないのかよ？」

会話を引き取ったのは、スクリーンからケタケタと奇声を上げる少女。

【薄気味悪いって君ねぇ、女の子に対して失礼じゃないかな？】

「もうお前は、女の子って顔なんかしてねえだろ」

悪意に歪んだその面差しは、もはや性別を超えた何か。この世に渦巻く恨みや辛み、そんな類の思念をミキサーに掛けてごちゃ混ぜにしたかのよう。

言うなれば、彼女の醸し出す威圧感は――呪いそのものだ。

俺が黙り込んでいると、善意の白雪舞輪が重い口を開く。

『ボクが消し去ったはずの嫌な思い出が、くっきり蘇ってきたよ……だから今は、あいつの存在が何なのか、ボクには分かる』

それを聞き、スクリーンに君臨する彼女の片割れが、絶叫する。

【ああ、そうだよ！　ボクは君が目を背けた、悍ましい悪意だ！　だって、この世界を呪ったのは、君だったたじゃないか！】

『違う……』

【いーや、違わない！　ボクは君が生み出した怪物なのさ！】

善意が言い返さないのをいいことに、悪意はひたすらにマウントを取りにくる。

【だから、ボクは君のお望み通り、この世界に悪意を拡散させる！　手始めに、あのアカウントの所有者を血祭りにした後は、この世の全ての青春を破壊するつもりさ！】

「アカウント？」

悪意の台詞は要領を得なかった。一体、どのアカウントの話だろうか？

ふと、悪意の言葉に黙って耳を傾けていた黒木会長が、俺に中指を立てた。

「小鳥遊君。あなたムカつくのよ」

俺は心の中で、今まで彼女から向けられてきた敵意を反芻していた。

「あなたが響くんをおかしくさせたの。バンドなんか始めなければ、彼は私を選んでくれていたかもしれないじゃない」

「どうせ、律人の両親に色々と吹き込んでいたのも、お前なんだろ……？」

「ええ、宇佐美君のお母様には、バンドを続けるデメリットを、大変よくご理解いただけたと自負しておりますわ」

まあ、こんなことを今更知ってどうなるものでもない。

「誤算だったのは、宇佐美君のお母様の説得に、響くんが足しげく通ったことですわ」

「えっ？　翔也が説得を？」

「さすがに彼の熱意に、お母様も絆されかけてしまいましたの」

「そんな!?　じゃあ、翔也が練習を断っていたのは」

知らなかった。それなのに俺は翔也に酷いことばかり言っていた。

「俺は翔也がそんなにバンドのことを想ってくれていたなんて、思ってもみなかった……」

「私がどれだけ壊そうとしても壊せなかった。だから私は、あなたが死ぬほど、憎い。呪い殺してやりたいくらいに。ああ、もうウンザリよ。バンドなんかクソだわ。バンドなんか無くなっちゃえばいいのよ。だから、私はあなたたちの絆を破壊するために、二人を信者にしたの。そして、次はあなたの番よ！」

そうしてスクリーンから、そのイントロが流れ出すと、悪意が金切り声を上げた。

【――ロキロキロックンロール！】

ヤバイ！　俺は咄嗟に耳を塞いだ。だが、それでも音は漏れ伝わってくる。

「そんな……ここまできて、俺も悪意に飲み込まれちまうのかよ」

自分まで信者にされてしまったら、庄條さんは誰が助けるんだよ？

「庄條さん……」

無性に彼女に会いたくなった。あの中二病キャラで、この悪夢みたいな現実を、事もなげにクックックッと、笑い飛ばしてもらいたいと思う。

しかし、振り払おうと意識すればする程、そのメロディは俺の皮膚にまとわりついてくる。

悪意の声の振動が、リズミカルなバックミュージックが、手と耳の隙間を通じて、俺の神経にその歌を刷り込んでいくのだ。

だが、俺は、悪意の歌に、どこか噛み合わせの悪さを感じていた。

「何が違うって言うんだ……？　いや、俺はこの歌を知っている気がする」

どういうギミックなのかは見当がつかない。

でも、悪意の歌うソレは、本物の『ロキ』じゃないと思えてしまう。

「『ロキ』はこんな歌じゃねえよ……あれ？　何で俺はそう感じるんだ？」

だが、理由は分からなかった。そんな風に俺が悩むうちに、悪意はその間違った『ロキ』を歌い切った。

「あれ？　何ともない？」

俺は肉体的にも精神的にも、呪いに染められることはなかった。すると、黒木さんの舌打ちが聞こえた。どうやら本当に俺は信者なんかにされずに済んだようだ。

【あーあ、君は気づいちゃったか――本当の『ロキ』に】

「本当の『ロキ』？　何の話だよ？」

俺のスマホの中の白雪舞輪が言う。

『――きっとそれが、君のスマホの中にボクが現れた理由さ』

善意の言葉を聞いた悪意が、大袈裟に両腕を広げた。

【あーあ、つまらないな。そっちの君はもう「ぼっち」じゃないのか】

黒木会長が、ギリギリと凄まじい音を立てて、歯噛みしている。

「私も興が醒めましたわ。こうなったら、実力行使ですわね」

そして、黒木さんが指をパチンと鳴らした瞬間だった。

「なっ……」

俺の後頭部に激痛が走った。突然のことで、何が起こったのか分からなかった。だけど、俺の意識は次第に遠のいていく。ああ、俺はヤラれたのか。

誰だ？　信者か？　そうだな、どうせターゲットマークの面を被った奴らの誰かだろ。

何とか、その相手の顔だけでも、覚えておかなくては……。

「ごめん、庄條さん……役に立てなくて……」

どうやら俺を殴った犯人の目的は、俺のスマホだったらしい。

そいつに奪われたスマホから、善意の心配そうな声が上がる。

『小鳥遊くん!?』

応えてやる余力もなかった。それでもその犯人だけは絶対にこの目に焼き付けてやろうと、最後の力を振り絞り、俺はそいつを睨みつける。

「お前は誰だ？」

だが、そいつの顔を見た俺は、愕然とする。

「えっ？　何でお前が……？」

それは裏切りなんて生易しいものじゃなかった。

悪意でグシャグシャに乱れた笑みを浮かべ、その彼女は、鉄パイプを握っていた。

「――殺すって言ったでしょ？」

そこに立っていたのは、クラスメイトの浦井カナコだった。

第四章 最後の一人

俺たちはスタジオで、文化祭で演奏する予定の楽曲を音合わせしていた。

俺がこの曲をやろうと提案した際も、二人から異論の声は出なかった。

そして、俺たちは、その少女の動画をスマホで流しながら、演奏を頑張っていた。

パジャマ姿のやつれた彼女からは、生に対する執着を、否が応でも感じざるを得ない。

リハが一段落すると、ドラムの翔也が何気なく言った。

「なあ、この曲ってさあ」

「うん？　何さ？」

律人がタオルで顔の汗を拭きながら訊いた。

翔也はニヤつきながら、こう言い放った。

「これってどう考えても、六樹をイメージしてね？」

ペットボトルに口をつけ、水を飲もうとしていた俺は、盛大にむせた。

「ごほっ、ごほっ……はあ？　何言ってんだよ？」

「いやだって。このタイトルって意味深じゃん……」

翔也の妄言に律人も乗っかり、俺を冷やかす。

「ホントだよね。読み方の妙で、六樹もそう呼べるもん」

からかう二人に、俺は全力で抗議する。

「お前らなあ、俺に変なあだ名をつけないでくれよ」

それでも翔也が食い下がってくる。

「ええ？　北欧神話みたいでカッコよくないか？」

「カッコよくねえよ。しつけえな」

ふと、律人が真面目な顔になり、天井を見上げた。

「でも、僕たちの演奏、ちゃんと彼女に届くかな……？」

俺は言い切る。

「届くよ。かならずな」

と、翔也が突然、シンバルを鳴らした。

「だったら、てっぺんまで届くようにさ、ブチ鳴らそうぜ！」

俺はスマホの再生ボタンを押し、ギターを構える。

「おう！　じゃあ、もう一回だけやっとこうぜ？」

そうして三人でイントロを掻き鳴らすと、俺のスマホから彼女の声が滑り出した。


『――さあ』

※

何だか楽しい夢を見ていた気がする。律人と翔也と仲良く、文化祭のリハをする夢を。

「あれ？　俺、何してたんだっけ……？」

目を開けると、視界はぼんやりと霞んでいた。

「ここはどこだ？」

足を動かしたら靴が擦れて、キュッと床が鳴った。触感的にはツルツルのフローリング。

「ああ、体育館なのか……」

まだ頭が痛む。何か鈍器で殴られたような記憶が、目の前の映像に混じって映る。

「そうだよ！　浦井さん——いや、浦井に襲われて、スマホを奪われたんだった」

と、ゆっくり上半身を起こす。

「えっ？」

理解が追い付かなかった。

だだっ広い体育館に集められていたのは、俺のクラスメイトたち。加えて、ターゲットマークの面をつけた信者が数名と、兵隊たちがウジャウジャいる。

壇上には、パイプ椅子が並べられており、ざっと四名の男女がロープで縛りつけられていた。そして、その全てが、浦井と親しい取り巻きたちである。

他のクラスメイトは、フロアの隅の方に集められ、見張られているようだ。

壇上に居るのは、律人と翔也を引き連れた黒木会長と、先程ナビゲーター役だった売り子。黒木さんは透明なケースを首から下げており、そこには俺から奪ったスマホが入っていた。

そして、背後の大きなスクリーンに映るのは、グロテスクな笑みを振りまく悪意の白雪舞輪である。

「ふふふ。ゲームオーバーです！　生存者は浦井カナコさん！　あとの皆さんは、脱出失敗でーす！」

売り子が叫ぶと、壇上から不満の声が上がる。

「た、小鳥遊！　なんなのよ、こいつら!?　あんた、助けなさいよ」

「おや、安い命乞いですねぇ」

ガンッと椅子の脚を、売り子が蹴り上げる。すると、浦井の取り巻きが、「やめてよ」と泣きそうな声を漏らした。

【こいつら、全然ホントのこと言わないんだよね。頭にくるよ】

映像の悪意は、苛立ちを隠そうともしない。俺は悪意に問う。

「その四人の中に、お前の探している、最後の一人っていう奴がいるのかよ？」

【違うね。この四人は人を中傷して命を奪った人殺しさ。でも、まだ名乗り出ない奴が一人残っている】

そして悪意は、スクリーンに、あるアカウントのアイコンを映し出した。

おそらく鏡を使った自撮り写真に絵文字で加工を施しているようだ。

【ボクたちが探しているのは、こいつさ】

「それが、お前が人殺しだって言う、最後の一人のアイコンなのか……？」

楽しげにピースしているのが、何とも皮肉だった。確かにこの程度の露出では、本人を特定するのは困難であるに違いない。

【そうさ。この六人目の人殺しが見つからないんだ】

「はあ？　六人目？　計算が合わないぞ？」

【何でさ？　五人目は、君の傍にいるじゃないか？】

「五人目だと？」

その人物を見て、俺は背筋が凍る。他人を見下すかのような、その冷淡な目つき。

忘れもしねえよ。だって、こいつは俺を、鉄パイプで殴ったんだからな。

「浦井カナコ……」

間髪を入れずに、取り巻きの女子が声を上げる。

「ちょっとカナコ、あんたマジで裏切ったわね。信じらんない！」

「だって黒木さんが、小鳥遊のスマホを奪ったら、見逃してくれるって言うからさ」

浦井は友達相手に、下卑た笑みを向ける。いや、もう友達じゃないのだろう。

俺は浦井に問い掛ける。

「浦井……お前らは、あいつに何を言ったんだ？」

「はあ？　誰に口利いてんだよ、カースト底辺のクソ野郎が！」

ヒステリックになった浦井は、俺に唾を吐きつけてきた。悪意の恐怖に当てられ、秘めていた凶暴さを露わにされたかのようだった。一種の自己防衛なのかもしれない。

ただ正直、ムカつきもしなかった。ここまで性根が腐った行動を取られると、却って怒る気にもなれないものなのだと知った。

「何で俺はこんな奴らのために、一生懸命になってたんだろうな……」

猛烈な虚無感に苛まれる。それに切り札のスマホを奪われた今の俺は、無力なのだ。

でも、思い出してしまった。俺が誰のために走ってきたのかってことを。

「そうだ、庄條さん……庄條さんはどこだよ？」

いない？　何でいないんだ？　フロアにも壇上にも、庄條さんの姿が見当たらない。

「でも、さっきゲームオーバーって言ってたよな……？　クラス全員が捕まったってことじゃなかったのか？」

壇上では、黒木さんが刃物を取り出した。

「面倒なので、いっそもう殺しちゃいますか？」

「ちょっと、やめてよ……」

一人の女生徒の頬(ほお)に、鋭利な切っ先を突き立てる。

「吐けば、刺しませんよ？」

「ホントに……ホントに知らないんだって」

「解せませんね……なぜ、白を切るのですか？　じゃあ、ターゲットを変えますか？」

黒木(くろき)会長は隣の男子の太ももにナイフを向ける。

「や、やめてくれ……お願いだ」

「あなた方は命乞いばかりで、品性の欠片(かけら)もありませんね。不愉快ですわ。じゃあ、今度こそ、真実を暴いてみせましょうか」

更に隣の女生徒の顎に冷たい刃を押し当てて、

「ほら、白状なさい。あのアカウントは、どなたのものなんですか？」

「あんなアカウントなんて、ホントに知らないわよ……」

嘆息した黒木さんは、取り巻きから距離を取る。

「誰かを庇(かば)っているのか。それとも本当に知らないのか。まあ、どっちでもいいですが。でも、あなた方の犯した罪が、そんな無知で消せるわけじゃありませんから」

黒木さんの語る、彼らの罪とは何なんだろうか？

その時だった。黒木さんの胸元で、善意の白雪舞輪が悲痛な叫び声を上げる。

『こんな犯人探しに意味はないよ！』

温厚な彼女が、こんなにも怒気を露わにしている。それだけ、この無慈悲なゲームに対する彼女の憤怒は凄まじいのだろうか。

『ボクはもうとっくに思い出しているよ！　その子たちに、何をされたかってことも、自分がどういう人間だったかも……全部、思い出したんだ！』

震え声で、善意は訴え続ける。

『こんなことを、ボクは望んでいなかった！』

だが、悪意が反論する。

【はあ!?　いいこちゃんぶるなよ、このウソツキ！】

『違う！　こんなの、ボクが望んだ結末ではないよ……』

反発するように、悪意が胸を掻きむしり、呻いた。

【君が忘れている間も、ボクは、はっきりと覚えていたんだよ。最期にボクが、何を呪ったのか――】

そう言ってギリギリ奥歯を噛み合わせると、悪意の怒りはヒートアップする。

【思い出すと、腹立たしいね！　こいつらは弱い者イジメをして、優越感に浸るだけのクズだよ！　このまま生きていたって、何の生産性もない輩たちだ！　害虫が何匹死んだと

ころで、君たちは死骸の数を数えるかい？】

『そんな酷い言葉を吐くのは、もうやめてくれよ……』

　善意は、とうとうスマホの中で膝をつき、黙り込んでしまう。

　壇上では、取り巻きたちが、血相を変えて叫ぶ。

「もう誰でもいいから、早く名乗り出ろって！　このクラスにいるんだろうが！」

　もはや誰もが、平常心ではいられなかった。フロアの隅にいる生徒たちも、人殺しと言われた者に食って掛かる。

「こっちは、とばっちりだって！　お前らの問題だろうが！」

　延々と続く醜い押し問答に、俺もいい加減、嫌気が差してきた。

と、膠着状態が続く体育館に、誰かが放ったその言葉が、キーンと響いた。

「でもさ、あのアイコン写真って、カナコっぽくね？」

　新たなターゲットが定められると、周囲に同調圧力は広まる。

「そうじゃん、あれ絶対カナコだよ」

　ふっと湧き上がった悪意は、瞬く間に伝播する。

「えっえっ？　どういうこと？　でも、浦井って五人目なんだろ？」

　こうなると誰もが、犯人探しに躍起になる。

「だから、裏アカウントってことなんじゃないの？」

　本当は裏付けなんてどうでもいいのだ。全員がこの馬鹿げたゲームを早く終わらせたい。この極限の状況下では、彼らが「カナコ」に全て押し付けて楽になってしまいたいと考えていたとしても責められないだろう。

　カナコってことにしてしまえ――これが悪意の正体だ。

　俺は、クラスメイトたちの顔を見回しながら辟易する。

　だが、今回に限っては、あながち間違っていないのかもしれない。だって、当の浦井は、

「はあ？　ちょっと、みんな冗談でしょ？　そんなわけないじゃん……」

　明らかに動揺して、息が荒くなっていた。そのような態度では、むしろ自らの非を認めているようなものだ。

【ハハハ、そういうことだったのか……】

　悪意が、カッと目を見開いた。すると、クラスメイトたちの様子に異変が生じる。

「あんたなんでしょ？」

　一人のクラスメイトの女子が、そう言って浦井に近づいていく。

「ちょっと、何よ……」

　別の男子が、浦井を後ろから羽交い絞めにする。そうなると、もはや歯止めは利かなかった。

「ほんと、ヤダってば……」

地面に押し倒され、浦井は涙を浮かべる。

「こわい……こわいよ」

クラスメイトたちは信者のように理性を捨て、次々と浦井に飛び乗っていく。そして、誰かが浦井の耳元でボソリと呟いた。

「あんたなんでしょ？」

浦井は、大仰にかぶりを振る。

「やだ……違うもん……あたし、知らない」

だが、誰かが核心的な一言を言い放った。

「でも、あのアイコンに写ってるのって、カナコのストラップじゃね？」

原形の分からない加工写真。だが、そこにはっきりと写っていた、動かぬ証拠。

脇が甘かったとしか言いようがない。スマホで自撮りした際に、写り込んでしまったストラップは、犯人を特定する手掛かりとしては十分だ。

「スマホだ！　そいつのスマホを奪え！」

女子たちが、浦井のスカートのポケットに手を突っ込み、まさぐる。

「やめてよ……お願い……」

嫌がる浦井の衣服から、ついにソレは抜き取られてしまった。

「ほら、当たりじゃん！」

一人の女生徒が、小躍りしながらスマホを掲げる。確かに画像と同じストラップがついているようだ。フロアの床には、もみくちゃになった際に千切れたターゲットマークのキーホルダーが散乱していた。

「さあ、浦井さん？　アイコンと、お手持ちのストラップが一致したようですけど、どう言い逃れなさるおつもりですか？」

壇上から、黒木会長が断罪する。浦井さんは顔面蒼白で、

「ごめんなさい……ごめんなさい……」

【君は覚えていないくせに、何に謝っているのかな？】

「分からない……でも、分かる……誰にリプしたかなんて覚えていないけど、そのリプをしたってことだけは記憶にあるの」

とうとう浦井は自白したのだ。

【そうか、お前は……わざわざアカウントを変えてまで、何度もボクのことを中傷したかったってわけなんだね……この下衆があぁ！】

悪意の堪忍袋の緒が切れた、その時だった。

「――みーつけた」

突如、体育館に木霊したのは、とてつもない怨嗟を孕んだ、地鳴りのような声だった。

聞き慣れているはずの声なのに、俺の記憶にある物と、あまりに掛け離れているように

も感じられた。だから、彼女がこんな冷酷な声音を放ったことを、俺は認めたくなかった。

信者たちを掻き分け、戸口からゆっくりとこちらに向かってくる、一人の女の子。

「そうでしたか、浦井さん……最後の一人は、あなたの裏アカだったんですか……」

ブツブツと独り言を呟き、彼女は浦井のもとに辿り着く。

異様な雰囲気を察知して、浦井に覆い被さっていたクラスメイトが離れていった。

しかし、すかさず信者たちが、仰向けになった浦井の四肢を拘束する。

「なによ……あんたに何の関係があるのよ？」

「ありますよ？　だってずっとあなたを探していたのは、あたしなんですから」

そう言って、彼女は、浦井の顔面を――

「死ね、クソ野郎」

――と、踏みつけた。

「ちょっと、あんたマジ、何すんだよ！　こんなことしてタダで済むと思ってんの？」

「すみません、さっきトイレに行ったのを忘れてました」

「嫌……汚ねえだろ……離せよ！」

「卑怯なやり方で、汚らしい言葉しか吐けない、あなたには便所がお似合いです」

浦井の顔を抉るように、靴底がこすりつけられる。

「つま先を舐めてください。そうしたら止めます」

浦井は嗚咽していている。屈辱から分別もつかなくなった思考で、

「分かったってば……」

チロリと舌を出し、自分に向けられた靴の先につける。

「その程度で許されるはずないでしょ？　もっと犬みたいにベロベロやるんですよ」

「ううっ……」

涙やら鼻水やらで、浦井の顔はグシャグシャだ。カーストトップのリア充が上履きを舐める姿に、さすがに周囲の顔も引き攣っている。

「分かってもらえましたかね。あなた方がやったことは、こういうことなんです」

恥辱の限りを尽くし満足したのか、浦井は解放された。手足が自由になっても、彼女は寝そべったまま、えずいている。

しかし、彼女に同情している者は皆無のようだ。

むしろ、クラスメイトたちは、まるで汚物を見るかのように浦井を侮蔑する。口にしないだけで、仲間を売った彼女を誰も許しておらず、自業自得だと冷めた目で見ている。

あまりに惨たらしい光景に、俺は思わず目を逸らした。

「何で……何で、お前がこんな酷いことをするんだ……」

すると、壇上で黒木さんが跪く。

「ようやくこれで、全てのアカウントの特定が完了しました――澪様」

本当の教祖の名前なんて、俺は聞きたくなかった。

微笑み掛けてくれた彼女の顔が、スライドショーみたいに脳裏に浮かんでいく。

【青春傍観信仰】の教祖は——庄條澪だったのだ。

「どういうことだよ……？　話し方まで、別人になってるじゃねえか？」

「それは、あの子が、あたしに見せる顔と、あなた方に見せる顔を変えていたからです。あの子は、人前に出る時は、中二病キャラを演じていましたからね」

「あの子……？　話が飲み込めねえよ？」

「クックックッ、眷属よ……つまるところ、君はあたしに踊らされていたと言うことだ」

呪いを拡散したのは、黒木会長だとばかり思っていた。しかし、真犯人は、もっと俺の身近にいたのだ。

俺は今までの行動を思い返してみる。

「俺と文化祭を回ったのも、ここに誘導するため？　じゃあ、クラスの内通者は庄條さんで、今まで協力してくれていたのは、俺を利用するためだったって言うのか……？」

「それもありますけどね。半分は、それが舞輪ちゃんの意思だから、とでも言いますか」

「舞輪ちゃん？　庄條さんは、白雪舞輪と、どんな関係があるんだよ？」

やおら彼女は、手首に巻かれた包帯に指を掛ける。

「まあ、皆殺しにした方が早いとも思ったんですけど、匿名が匿名のまま死んだんじゃ、あの子が報われないじゃないですか？」

　いつだったか、俺が包帯を外しそうになった時、彼女が嫌がったことがあった。それなのに、彼女は自らそれを解こうとしている。

「嘘だって言ってくれよ、庄條さん！　何でお前が、こんなことをするんだよ！」

　俺が叫ぶと、黒木さんが割って入る。

「無礼な口は謹みなさい！　このお方は、我が【青春傍観信仰】の教祖様なのですから！」

「いいんですよ、真琴」

「ですが……」

「本当にいいんです」

　ゆっくりと庄條さんは、包帯を引っ張る。

「小鳥遊くん。あたしがどうして、こんなことをしたかと訊きましたね？」

　言い終えると、彼女の手首に巻かれていた包帯が、するりと床に滑り落ちる。

　そして、素肌が露わになった瞬間、彼女を取り巻く空気が一変した。

「——あたしが妹の代わりに、こいつらを呪うと決めたからです」

　まるで中身が、まるごと入れ替わったかのように、庄條さんの立ち振る舞いは、別人そのものだった。

「妹？　庄條さん……お前は誰なんだ？」

「あたしですか？　あたしは、庄條澪です」

トンチのような言葉とは裏腹に、俺の知る庄條澪と、目の前の彼女は明らかに違う。俺が心から信頼していた少女の面影は、もうどこにもなかった。

「じゃあ、『セルフィ』なんて企画を考えたのも、友達を作る目的じゃなかったのかよ？」

「それは、この馬鹿どものアカウントを洗い出すためですよ。そのために、わざわざ生徒会のアカウントを作って安心させて、本人の名義でＤＭさせました。こちらで把握しているアカウントと照合するためにね」

「みんなとの思い出が欲しいって言ってたのも、全部演技だったってことか？」

「当たり前じゃないですか。あたしは『セルフィ』を提案した時から、ずっと思っていたんです。こいつらが一番楽しみにしている文化祭を、最悪の思い出に変えてやりたいって」

非情とも言える彼女の本心を垣間見て、俺は愕然とする。

その時、スマホの中の善意が、俺に語り掛けてきた。

『小鳥遊くん、こんなことに巻き込んでごめんなさい……』

なぜなんだろうか。スマホの中の彼女の方が、俺の知る庄條澪に近いような気がした。

「白雪舞輪、お前は本当に庄條さんの妹だったのかよ？」

『はい、その通りです。白雪という名前は、動画をアップする際に、姉がわたしにつけてくれたんです……だから、本当のわたしは、白雪なんて名前じゃなくて』

「ちょっと待ってくれよ。整理させて欲しい。じゃあ、お前はどうして俺のスマホに現れたんだ？」

『わたしがあなたのスマホに現れたのは……小鳥遊くんが、わたしに《いいね》をくれたからなんです』

「何のことだ？　俺が《いいね》を押したって？」

『そうです。だって、「ロキ」は、小鳥遊くん自身だから』

「俺が『ロキ』そのもの？　そりゃ、どういう意味だ？」

だが、俺の頭に、ぼんやりと大事な記憶が浮かび上がりつつあった。

『わたしが、あなたに救われたから……きっとこの奇跡を生んだんです』

おぼろげだった映像が、やがて見覚えのある景色に変わっていく。

『――そして、あなたがわたしと一緒に、「ロキ」を歌ってくれると信じているから』

彼女のその言葉で、俺の記憶を閉ざしていた鍵が、カチッと外れる音がした。

春の訪れない凍えそうな世界で、彼女の存在は白い雪に埋もれていた。

だが、その降り積もった雪が溶けて、俺はようやく本当の彼女を見つけたんだ。

「そうか……本当の『ロキ』は――」

懐かしい記憶が、メロディを連れて蘇ってきた。

第五章　ロックンロール

わたし――庄條舞輪の家には、いつもロックが鳴り響いていた。

ロック好きの父親の影響で、澪お姉ちゃんがバンドを始めてからは、更に拍車が掛かった気がする。でも、全然嫌なんかじゃない。むしろ、わたしはロックが大好きだ。

だけど、そんな騒々しいロックが、今は聞こえてこない。

だって、わたしは、狭い病室の中にいるんだから。

双子の姉は至って健康体なのに、妹のわたしは病弱で、家族に負担を強いてしまっている。まるで姉妹の災厄は、全部わたしが引き受けたみたい。でも、それを不公平だなんて思わない。お姉ちゃんのことは大好きだ。嫌ったりなんか絶対しない。

今回はどのくらい入院していたんだっけ。このあとに控える検査の結果次第で、ようやく退院できるかもしれないって言われた。

やったね。これでやっとロックを聴ける。

でも、元気になったら、また学校に通わないといけない。それは憂鬱だ。このまま病室で寝たきりも悪くない、なんて思ってしまう自分は、どうかしているだろうか。

わたしは、学校が嫌いだ。この固くて狭いベッドよりも、あの空間は窮屈に感じるから。

いつもそうだ。肝心な時に限って、わたしの体は悲鳴を上げる。だから、クラス替えになる度に、わたしだけが途中参加になってしまう。そして、最初から居なかったわたしのことを、クラスメイトは奇異の目で見てくるんだ。

そうやって既に出来上がった人間関係を横目に、わたしはいつも他人の青春を俯瞰して観るだけの人生を送ってきた。

同じ教室の中なのに、彼らはカラフルで、自分は灰色。いや、強いて言うならモノクロかな。白いベッドの上で、真っ黒い気持ちを抱える、そんな白黒がわたし、庄條舞輪なんだ。

検査の結果は良好。家に帰り、少しの静養を挟んで、とうとう登校初日がやってきてしまった。入院している間に、どうやらわたしは高校三年生になっていたらしい。きっとわたしのことなんて誰も知らない。どうせ知られていないなら、はっちゃけてみればいいのでは？

そう思って、わたしは好きだったアニメのキャラになりきって、高校に復帰してみた。

でも、現実はアニメみたいにすんなりいかない。リア充グループに、中二病のイタイやつだと揶揄され、速攻で目をつけられてしまった。

そんなわけで、わたしはまたぼっちになった。あれ？　どこで道を間違えたのかな？

でも、わたしのクラスにはもう一人、ぼっちの男子生徒がいた。寂しげな彼を見て、少ッカリした。
し救われた気がした。ただそれも一瞬のことで、彼にはちゃんと友人がいると知って、ガッカリした。

「クックックッ。やはり生粋のぼっちは、我だけか……」

って、このキャラ設定はいつまで続ければいいんだろうか。急に止めたら、また変に思われちゃうし。八方塞がりとはこのことだ。

あーあ、派手に失敗しちゃったな。自分の奥底から、ドロドロとしたフラストレーションが込み上げてくる。そんな日には、わたしは自作曲を口ずさむ。

これがわたしのストレス発散だ。と、いけない。つい部屋で大声を出しちゃった。

「舞輪ちゃん！　いまの歌は誰の曲ですか!?」

ノックもしないで、お姉ちゃんが部屋に入ってきた。

「お、お姉ちゃん!?」

わたしが作った曲だなんて言ったら、きっと馬鹿にされるに決まっている。

いや、この優しい姉なら、案外受け止めてくれるかも？　ああ、悩ましいところだ。

「わ、笑わないですか……？」

「笑うわけないじゃないですか」

「えっとね、わたしが作った曲ですよ」

「えっ！　舞輪ちゃん、曲が作れたのですか!?」

姉が前のめりで、わたしの曲に食いついてきた。

「どうしたんですか、お姉ちゃん、近いですよ……」

「ご、ごめんなさい！　あたしとしたことが。すごかったから、つい興奮しちゃって」

「えっ？　そんなに良かったですか？」

「ええ！　舞輪ちゃんは、天才ですよ！」

うう……。その評価は身に余る光栄だけど、反面とてもむず痒い。

「ところで、舞輪ちゃん？　舞輪ちゃんさえ良かったら。今度、あたしの参加する対バンイベントに、ゲストボーカルとして出てみないですか？」

「へっ!?　わたしが、ステージに立つんですか!?」

「はい。勿論、体調のこともあるので、無理強いはしませんけど」

わたしは悩んだ。でも、こんなチャンスは、もう二度と無いかもしれない。

だって、わたしは歌が大好き。だから、歌いたい。それは紛れもない事実だった。

「お姉ちゃん？　わたし、出てみたいです……」

気付くと、わたしは二つ返事で承諾してしまっていたのだ。

やがて、わたしの人生初ステージの日はやってきた。

「うう、緊張しますね……」

お姉ちゃんと一緒に選んだ衣装を着たわたしは、控室のパイプ椅子に体育座りをして縮こまっていた。

「ツインテールなんて初めてしました……それにショートパンツは肌の露出も多くて、とっても恥ずかしいです……」

せっかくステージに立つんだ。普段の自分とはガラッと雰囲気を変えた格好で挑んでみた。髪色だって別にした。でも、これ方向性を間違えちゃっていないだろうか？

期待と不安。綯い交ぜになった感情が胸の中で忙しい。

いっそ抜け出そうかと本気で悩んでいた時、不意にポンッと肩を叩かれる。

「舞輪ちゃんなら大丈夫ですよ。それに、何かあったら、あたしがカバーしますから」

と、お姉ちゃんが、優しく微笑み掛けてくれた。

姉は、こんなわたしに才能があると言ってくれた人だ。その期待に応えたい。

「はい……わたし、頑張りますね」

姉に恥をかかす訳にはいかない。ライブは絶対に成功させよう。

でも、いざステージに立つと、わたしの両脚はガクガクと震え始める。

こんな小さな箱に押し込まれた大勢のオーディエンス。SEが止むと、スポットライトが舞台に当てられ、目が眩む。そして、薄暗いフロアでは、ギョロリと無数の目玉がこちらを凝視している。想像と違った。こんなの、ほとんどホラーだ。

でも、ドラムカウントが始まり、姉がギターを掻き鳴らした瞬間――

「うおぉ！」

フロアを包み込む空気が翻った。

激しいサウンドに導かれ、面白いように人がうねり、跳ねる。わたしが歌い始めたら、更にドッと客席が沸いた。

ふと、姉と目が合うと、ウインクをお見舞いされた。我が姉ながらカッコ良くて困る。

わたしの歌なんかで、こんなにたくさんの人が踊ってくれる。歌とダンスの、コール＆レスポンス。言葉なんか交わさなくても、まるでオーディエンスと会話をしているようだった。

こんな世界があったんだ。こんなに幸せな世界があるんだったら……。

――わたしはもっと生きたいな。

ステージを降りたわたしは、タオルで汗を拭きながら、フロアの後方の壁にもたれていた。精根尽き果て、文字通り放心状態だった。

しばらくして落ち着いたわたしは、他のバンドのパフォーマンスを研究することにした。

次にステージに立った時は、今日よりもっとすごいプレイをしたい。自分にそんな野心があったなんてビックリだ。

　だが、驚くことに、続いてステージに現れたバンドは、わたしのクラスメイトたちだった。その中でも一際目を引いたのは、ギターボーカルの男の子。わたしが、ぼっちだと勘違いしていた、あの大人しい男の子なのだ。

　彼の衣装は実にシンプルだ。Tシャツにジーンズ。せいぜい、手首にアクセサリーをつけているくらい。クラスの目立たない男の子が、素っ気ない格好でステージに立っているのだ。

　これじゃあ、何の参考にもならないじゃん。

　だが、そんな上から目線の考えは、彼らの放った、たった一音で打ちのめされてしまう。

　はっきり言って、そのステージはあまりに鮮烈だった。

　彼の歌声は勇ましく、わたしの心に容赦なく殴り掛かってくる。

　どうしよう。脈拍が上がり、息が苦しい。スポットライトを浴びて、ギターを掻き鳴らす彼は、今まで出会ったどんな男の子なんかよりも、格好よく見えたのだ。

　鼻に掛かった独特の声質が、尖ったサウンドとマッチする。オドオドした普段の態度とは見違える程の声量。圧倒的な重厚感。おなかが揺さぶられる感覚。シンプルな曲だから、そのメロディはいとも容易くわたしのパーソナルスペースに侵入してくる。

　彼を支えるベースもドラムも、絶妙なバランスで楽曲を盛り立てる。

この三人がクラスメイトである事が、悔しくて、そして嬉しかった。

ああ、どうしよう。ニヤニヤする。にやけが止まらない。

彼は、わたしが見つけたのだ。きっと他のクラスメイトは、彼のこんな姿を知らない。

だから、わたしは優越感に浸っていた。

あっという間の数十分だった。体感にして一分にも満たなかったと思う。

わたしの時間を停止させる程、彼らの演奏は凄まじかった。

「これが、生のロックなのですね……」

家で鳴っていたサウンドとは、全然違う。

ライブハウスで聴くロックンロールは、全てが最高だった。


夢心地のまま、イベントは終了した。

トリのバンドの機材が撤収されたところで、打ち上げの誘いを受けたが、わたしは断った。

なぜなら、体調が優れなかったから。

「うう、これしきのことで人酔いするなんて……情けないです」

せいぜい百人程度の集客だったライブハウスで、この有様とは。これがもっとキャパの大きい会場だったら、どうなることやら。考えると吐きそうになるので、自重する。

と、公園のベンチが目に入ったので、わたしは休憩を取ることにした。

そして、腰を下ろすと、ほとんど同じタイミングで、ベンチに座る人影が見えた。

「あっ」

まさかこんなところで会うなんて思ってもみなかったから、心の準備ができていない。

ギターケースを地面に置いた彼は、ハンカチで目を覆って、ふぅと呼吸を整えているようだった。だから、こちらには気づいていないみたいだ。

どうしよう。わたしは悶々（もんもん）としていた。

このまま逃げてしまおうかとも思った。でも、わたしには彼に伝えたい気持ちがある。

こんなチャンスはもうきっとやってこない。だから、思い切って話し掛けてみた。

「あの……」

「えっ？」

彼は驚いて、顔を覆うハンカチを取った。

わたしと目が合った彼は、こちらを見て固まっている。

あれ？　何かわたしの顔に変なものがついているんだろうか？

両手で頬（ほお）を払いながら、わたしは決心する。

「さっきのステージ……すごく良かったです」

本当に素直な感想だ。残念ながら、他に形容できるボキャブラリーは、わたしに無い。

彼は指で頬を掻きながら、

「えっと……サンキュー」

分かり易く照れる仕草が可愛かった。思わずわたしは、クスリと笑ってしまう。

「うん？　俺、何か面白かった？」

「いえ、ごめんなさい。そんなつもりじゃ……」

と、唐突に訪れる沈黙。

あれ？　怒らせてしまったのだろうか？　恐々と彼の顔を見上げると、

「庄條さんも、カッコよかったよ」

意外な返事がきて、卒倒しそうになった。

「えっ？　ええっ!?」

「ど、どうしたんだよ？　いきなり大きな声を出してさ」

だってそりゃ君が、わたしの名前を呼んだからですよ……。

「えっと……何でわたしの事、知ってるのかなって」

「おかしなことを訊くんだな。だって俺たち、クラスメイトだろ？」

キュッと、わたしは口を結ぶ。感激と気恥ずかしさで、全身が熱を帯びていく。不覚にもだ。こんな冴えないクラスメイトに名前を呼ばれただけで、心臓が飛び跳ねてしまった。

「でも、驚いたよ。庄條さん、クラスじゃ、中二病キャラの変な奴だって言われてるけど、

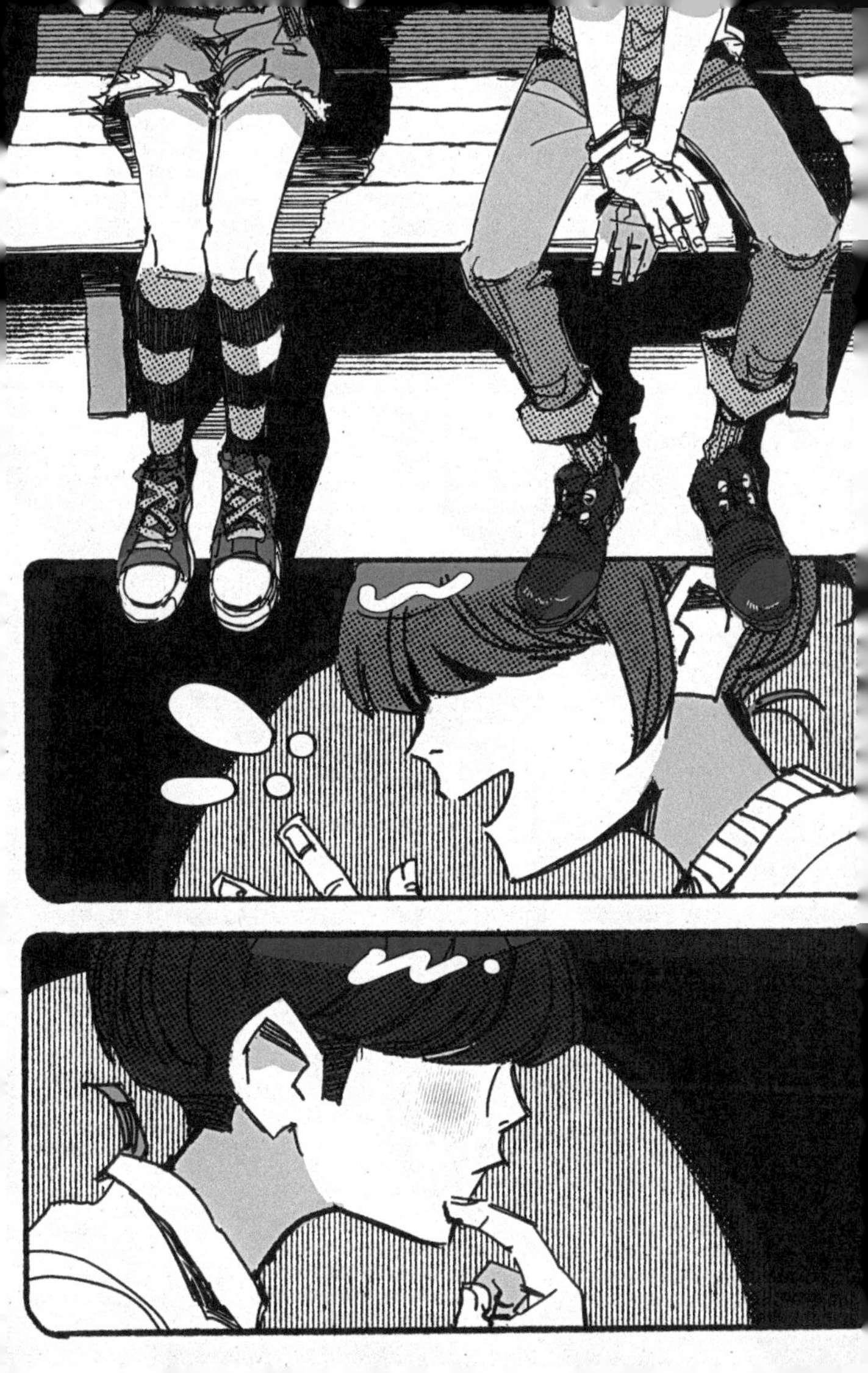

普通に喋（しゃべ）れるんじゃん」

何でわたしはあんなキャラ設定をしてしまったのか！　黒歴史になりそうです！

「あれはちょっと、キャラ作りに失敗してしまって……」

「そっか、教室の庄條（しょうじょう）さんの方が偽物なのか。でも、庄條さんがバンドをやってるなんて知らなかったよ」

「いえ……わたしはゲストボーカルなんですよ。今後どうするかは、まだ決めてないです」

「あっ、そうなんだ」

このキモチは何なんだろう。こんな何の変哲もない会話で、何故（なぜ）わたしは舞い上がっているんだろうか。早くこの感情が鎮まって欲しい。

きっとこれは、ライブの熱に浮かされた、一時の気の迷いなのだから。

でも、わたしは、彼の名前を呼びたくなった。呼ばなきゃ後悔すると思った。

「小鳥遊六樹（たかなしむつき）くん……」

「なっ!?」

今度は向こうが、驚いた顔をした。

「なんだ。庄條さんだって、俺のこと、知ってるんじゃん……しかもフルネームって」

「さっき言いそびれたので……」

すると、彼が立ち上がった。

「さて。話してたら気も紛れたし、そろそろ俺は帰るよ」

「あっ、また会えますかね？」

わたしが言うと、彼は、きょとんとしている。

「いや、学校で会えるだろ？」

「そ、そうでしたね……ははっ」

場が重たくなるのが嫌で、言い出せなかった。わたしに「絶対」は無いってことを。

わたしは、いつまたあの狭い病室に担ぎ込まれることになるか、分からないんだから。

「そうだ。今度さ、庄條さんの好きな曲、聴かせてよ。俺も好きな曲、選んでおくから」

「はい、是非お願いします」

ダメだ。あれだけ嫌がっていた学校に通う楽しみができてしまった。

彼の背中を見送りながら、わたしは両手を重ねて、神様にお願いをした。

「どうか、もう病院に戻らなくて良くなりますように……」


その夜だ。一度は布団に入ったが、眠れる気がしなかった。初ステージの興奮と、クラスメイトの演奏の余韻が、わたしの夜を明るくした。

「そうだ。良いことを思いつきました……このキモチを、歌にすればいいんですよ」

わたしは飛び起きて、机に向かう。フンフンと鼻を鳴らしながら、メロディを探す。

「小鳥遊六樹くん……六樹くん……」

彼の名前を口にして、ポッと赤面する。

「でも、これ。アリかも」

わたしの遊び心に火がついた。

「クックックッ。これは、とびっきりの曲が出来そうだぞ。きっと彼も、腰を抜かすことだろうな……」

だって、思いついてしまったんだ。最高にイカした、ロックソングを。


ところが、数日後のこと。その日の無理が祟って、わたしの症状は悪化し、またあの監獄みたいな部屋に入ることになった。

好きな曲を聴かせるという、彼との約束は果たせなかった。

「ごほっ……ごほっ」

日に日に病状が深刻になっているらしかった。親から手術が必要だと聞かされた。

お姉ちゃんは気丈に振る舞っているけど、きっとわたしをライブに連れ出したことを後悔しているんだと思う。

ああ、わたしは最低だ。みんなの期待を裏切ってばかりだ。何でいつもこうなるんだろう。つくづく嫌になる。でも、モノクロのわたしにも、彼のおかげでようやく色がついたのだ。だから、下を向いていても仕方がない。わたしには目標ができた。諦める訳にはいかない。

「お姉ちゃん……」

「舞輪（まろん）ちゃん、お話をして大丈夫なんですか？」

「大丈夫……ところで、お願いしてたオケ、できましたか？」

「それは、できてますけど……」

「なら、良かったです」

「あの、舞輪ちゃん？　まさかとは思いますけど、歌いたいなんて言いませんよね？」

わたしは姉の目を見据える。

「——歌いたいです」

わたしの返事を聞いた姉は、嘆息する。

無理を言っているのは百も承知だ。でも、はやるキモチは、自分じゃ抑え切れない。

だって、まだ歌えるうちに、どうしても残さないといけないんだ。これはわたしがこの世界に生きた証（あかし）。そして、全てのロックンロールに捧（ささ）げるアンセムなのだから。

わたしは最後のワガママだと、お姉ちゃんに頼んで動画を撮影してもらう。

「準備はいいですか？」

「はい」

この希望の灯を絶やしてはいけない。たとえこの命が尽きても、音楽は脈々と受け継がれていくのだから。次の世代へも、どんな時代へも。

そうすれば、わたしが創った音楽が、褪せることはないのだから。

それから数日が経った、ある日。

「舞輪ちゃん！」

「どうしたんですか？」

「あの曲が、バズってますよ！」

「えっ？」

彼のことを歌ったあの曲が、たくさんの人の目に触れた……？

「ホントですね……」

動画には、信じられないくらい、たくさんの《いいね》が押されていた。

勿論、同情の声だって少なくない。病床で頑張って歌う女の子。そんなアドバンテージもあったのだろう。だから、冷静にとらえていた。

「でも、嬉しいです……」

わたしは、スマホを胸に押し当てる。

「お姉ちゃん、わたし、手術頑張りますね」

しかし、神様は無慈悲なのかもしれない。術後の経過は芳しくなかった。

「はあ……はあ……お願い叶えてくれませんでしたね……でも、神様どうか……」

息苦しさと痛みが、わたしの全身を支配する。

わたしは、クラスメイトとの約束を果たしたいだけなんだ。

彼は、どんな曲が好きなのだろう。聴きたい。聴いてみたい。

「きっと……小鳥遊くんは……ロックが好きなんでしょうね」

いよいよ、わたしは精神的にも肉体的にも限界が近づいていた。

そして、憔悴するわたしに追い打ちを掛けるように、ＳＮＳの悪意が牙を剥いた。

「えっ……？」

動画にはたくさんのコメントが返ってきていたが、その中に目を覆いたくなるようなコメントが散見された。

【病人ってこと売りにして気を引きたいわけ？　無いわ。〇ねばいいのに】

「わたし、そんなつもりじゃあ……」

【はあ？　これのどこが神曲なん？　毒にも薬にもならない糞曲じゃん】

「これでもわたしは、一生懸命作ったんですよ……」

【ウチ、こいつのクラスメイトなんだけど、マジ変人でさ、中二病のウザイ奴だよ】

「クラスメイトなのに……何でそんな酷いこと言うんですか……？」

匿名なのを良いことに好き放題言ってくる連中なんかに、弱り切ったわたしの心は掻き乱された。こんなこと、思いたくもなかったのに……。

「やめてください……わたしから音楽まで取り上げないで下さい……」

言いたくない。言っちゃダメだ。これだけは、言っちゃダメだよ。

「こんなことなら、わたし……」

これを言ってしまったら、彼のステージを冒涜することになるんだから……。

でも、わたしの心のブレーキは、もはやボロボロに壊れてしまっていた。

「――こんな曲、歌わなきゃ良かったです……」

ああ、わたしにコレを言わせた奴らを許さない。彼のことを知りもしないで、好き勝手に言うクラスメイトを許さない。彼のステージは、最高にエモくて、アガるんだ。

そして、わたしはすぐに後悔することになってしまった。

「えっ……そんなことってありますか……？」

見つけてしまったのだ。《いいね》をくれた人の中に、彼の名前を。

匿名アイコンや、顔を見せないアイコンの中で、堂々と自己主張するそのアカウントを。

涙が溢れて止まらない。喉を伝って、罪悪感が心まで垂れ落ちてくる。

嗚咽するわたしは、枕を濡らしながら懺悔する。

何でわたしは、君のコメントを先に見つけなかったんだろう。

何でわたしは、歌わなければ良かったなんて、口走ってしまったんだろう。

何でわたしは、君のことを信じられなかったんだろう。

「小鳥遊くん、ごめんなさい……」

——小鳥遊六樹。そのアカウント名を見つけたわたしは、神様を恨んだ。


こうして、わたしは、連中の望むように、最期を迎えようとしていた。

「舞輪ちゃん……」

私の手を取って、お姉ちゃんが泣いていた。

「お姉ちゃん……最後のお願い……聞いてくれますか」

「何ですか？」

「わたしは……わたしの歌を、みんなに歌って欲しいんです……」

その時、わたしは嘘をついた。わたしの中で何かが、まるで分裂するみたいに産声を上げた。それは、さながら白と黒。対照的なその色は、もう混ざることはない。

「大切なこの曲を、わたしと彼以外に歌わせてなるものか」と、喚く黒い自分。

「違う。本当にこれはみんなに歌って欲しい曲なんだ」と、叫ぶ白い自分。

呪ってやる。いや、ダメだ。呪ってやる。いや、他人を呪っちゃいけない。

心に住まう悪意と善意が、凄まじい攻防を繰り広げていた。

しかし、わたしの善意は徐々に淀んでいき、やがて漆黒の闇と化す。その瞬間、わたしはもう、わたしじゃなくなってしまったのだ。

だから、悪意に穢されたわたしが、最期に望んだこと。

もしも、この憎しみが奇跡を起こすなら。どうか神様、わたしのお願いを叶えてください。


――あいつらに呪いを。

最終章　ロキ

『――そして、あなたがわたしと一緒に、「ロキ」を歌ってくれると信じているから』

彼女のその言葉で、俺の中でズレ続けていた歯車が、かっちりと嚙み合った。

断片的だった記憶がパズルのようにハマって、地続きに繋がっていく。

いつかの対バン終わりに、彼女とベンチで話して、お互いの好きな曲を聴かせると約束した。俺からすれば、何の気なしに交わした言葉。だから、あんな結末が訪れるなんてことはこれっぽっちも想像してやいなかった。

闘病中の彼女がアップした一曲の歌。彼女がこの世界で生きようと足搔く、その歌唱動画に俺は《いいね》を押したんだ。彼女とまた同じステージに立ちたかった。好きな曲を聴かせ合おうって話も頓挫したままだったから。だが、現実は無常だった。

俺は雨が降りしきる中、クラスのみんなと、彼女のお葬式に参列した。その時、無関心そうに談笑する浦井たちに憤りを感じたことが、はっきりと思い出されてきた。

リア充の浦井たちにとって、彼女の死など、取るに足らない出来事だったんだ。

だからその時、俺は決心した。

そんな世間を見返すために、彼女が作ったこの曲を文化祭ライブで披露しようって。こ

の歌の素晴らしさを、みんなに知らしめてやると、そう意気込んでいたはずだったのに。

「どうしてこんな大切なことを忘れてしまっていたんだよ……」

善意が答える。

『きっと悪意が目的を果たすためには、記憶を改竄する必要があったからです』

確かに悪意の目論見が呪いの拡散なんだとしたら、計画に不都合な事実を真っ先に隠そうとするはずだ。俺の脳裏に一つの可能性が浮かび上がる。

「そうか、呪いを解くヒントは……『ロキ』の中にあるってことか？」

『おそらく、悪意のわたしは、小鳥遊くんに「ロキ」を歌われては困ると考えたのでしょう。だから、わたしたちを引き離そうとしたんですよ』

「じゃあ、やっぱりお前は……」

俺のスマホの中にいたのは、白雪舞輪なんかじゃなかった。

「庄條舞輪さんなのか？」

前髪を掻き上げ、善意の魂は、にっこりと笑った。

『小鳥遊くんが思い出してくれて、わたし嬉しいです』

本当ならば俺は今頃、動画の彼女と一緒に文化祭のステージに立っていたはずなんだ。

悔しさで胸が張り裂けそうだ。何で庄條澪は、妹の晴れ舞台の邪魔をしたのか。腹立たしさを誤魔化そうと、俺は唇を噛み締める。

「庄條澪……なぜ、俺たちを欺いて、妹になりすます必要があったんだよ？」

その質問に対して、悪意が口を挟んだ。

【それは、ボクが教えてあげたからだよ——転校をして空席を埋める方法をね】

「空席って何のことだよ？」

庄條澪が会話を引き取る。

「空席というのは、魂の還（かえ）る場所のことです。この場合においては、あなたたちの教室にいた、庄條舞輪という存在そのもの、ということになるでしょうか」

「埋めるって言うのは、存在を塞ぐってことか……だからお前は、妹のフリをしていたって言うのか？」

「双子のあたしが庄條舞輪になりきることで、あたかも妹はこのクラスに存在しているかのように見えていたのです。この現実世界の空席を埋めてしまえば、舞輪ちゃんの魂はどうなると思います？」

「俺たちの教室から、居場所を奪われるってことか？」

「そうです。そうやって舞輪ちゃんの魂と名前は、ネット世界に完全に転移したのです。そして、あたしが転校をして舞輪ちゃんの席に座ったことによって、この世界の記憶は書き換えられていきました。だから、誰もが『ロキ』を、庄條舞輪のことさえも、忘れてしまっていたんですよ？　姉妹の名前もあやふやになるくらい」

言われてみれば、確かに今までも思い当たる節があった。

「俺は仲良くなれたと思っていたのに、お前は俺を騙していたってことか？　じゃあ、何でお前は包帯を外して、妹であることを止めたんだ？　みんなの記憶が元通りになっちまうんじゃねえのかよ……？」

「自分の犯した罪を忘れたまま死んだのでは、舞輪ちゃんの憎しみが晴れません。こいつらには、自分たちの罪を背負って、罰を受ける義務があるじゃないですか」

庄條澪の目は悪意に満ちていた。もう俺の言葉なんか届かないだろう。でも、まだ腑に落ちないことがある。

どんなに残酷な真実を突きつけられても、俺はまだ彼女のことを信じたかった。

「それなら、お前が俺を助けてくれたのは、どうしてなんだよ？」

「舞輪ちゃんならそうするからです。呪いを完成させるためならば、あたしはあたしであることを捨てましたから」

「俺に協力してくれていたのは、庄條さん自身じゃなくて、妹の意思だったたって、そう言ってるのか？」

彼女は妹のフリを続けて俺を欺き、復讐を果たそうとしていたんだ。

共に、みんなの呪いを解こうと奮闘した日々が、とても空虚なものに感じられてきた。

「でも、悪意の魂は、このゲームを実行するために、俺たちのクラスメイトだけには呪いを掛けなかったんだろ？　それなら何で信者たちは、俺を襲ってきたんだよ？」

庄條澪が顔を俯(うつむ)ける。

「あなたのスマホの中にいる、善意の魂を消すつもりだったんでしょうね——」

悪意の舞輪が高らかに笑う。

【ハハハ！　ボクの望みを叶(かな)えるためには、自分の本体なんて邪魔なだけだからね！】

スマホの中の善の魂が、苦々しく唇を噛(か)み締めている。

俺は、庄條澪に問いかける。

「お前は、妹が悪意に消されてもいいのかよ！　あの部屋で俺がギターを弾いた時に、お前が泣いていたのは、妹への罪悪感が込み上げたからじゃなかったのか？」

「さあ、どうでしょうね……」

庄條澪は、回答をはぐらかしたまま、それっきり口を閉ざしてしまう。

彼女は復讐を企てつつも、俺のスマホの中に現れた本物の妹を悪意から護(まも)るために、ずっと傍(そば)にいてくれたんだと思う。

でも、きっとそれだけじゃない。庄條澪は俺に、止め時を失ってしまった悪意(ゲーム)の、リセットボタンを押して欲しかったんじゃないだろうか。

あの時に彼女の流した涙が嘘(うそ)じゃなかったとしたら、俺はどうすればいい？

このまま世界から青春が無くなるのを、膝を抱えて眺めている気か？

俺に出来ること。その答えだったら、とっくに俺は知っているはずだ。

「ここで何もしないでいたら、俺はただの傍観者じゃねえか……」

すかさず善意の白雪舞輪が問い掛けてくる。

『小鳥遊くん、「ロキ」の呪いを解く方法は、もうお分かりですよね？』

俺の耳に染み付いた、あのメロディが解き放たれる。

「ああ、理解したよ――俺とお前で、本当の『ロキ』を歌うことだろ？」

壇上で成り行きを静観していた黒木真琴の首から下がるスマホ。その中で庄條舞輪がヘッドフォンを耳に当てた。その瞬間、ずっとチグハグだった音符が、俺の頭にある五線譜の上で整列していく。

いつもお前は俺のスマホの中で、死に抗おうと必死に声を嗄らしていた。俺がお前の動画に《いいね》を押したのは、二人でこの曲をステージで歌いたかったからだ。

悪意の歌う『ロキ』が、とても哀しい歌に聞こえた理由は、ネット世界に置き去りにされている彼女が一人ぼっちだったから。あの呪いの原動力は、その孤独感なのだろう。

だったら俺は、もうお前をぼっちになんかさせねえ！　させるもんか！

俺と庄條さんが歌う『ロキ』こそが、本当の『ロキ』だってことを、今ここに示そう！

『――わたしと一緒に、歌ってくれますか？』

すると、体育館の中には、爆音でそのイントロが鳴り始める。

「ああ！　ここにいるみんなに聴かせてやろうぜ、俺たちの『ロキ』を！」

解放的なイントロが駆け抜けると、フロアに庄條舞輪の美声が木霊する。

力強いその歌声は、彼女自身の無念を蹴散らすように、奇想天外な音域で転がる。

負けじと俺は彼女の歌声に、自分の声を重ねる。

そんな風にAメロは、彼女のパートから始まり、そして俺へと続き、また彼女に還る。

さながら輪廻転生を繰り返すがごとく、俺たちは一曲の中で何度もボールを投げ合う。

これが『ロキ』の真のカタチ。この曲は、ぼっちでは歌い切れない。そんな二人の掛け合いで成立するロックソング。

だから、この曲は、《俺たち》にしか歌えないんだ！


『「――死ぬんじゃねえぞ！」』


俺たちがサビを走り抜けた時、涙が溢れそうになり、グッと踏みとどまる。

だって、『ロキ』は、悲しい歌なんかじゃないんだ。

この世界に生きたお前が、青春を謳歌するために作ったメロディ。

みんなが楽しく肩を組みながら歌えるようにって、この曲は生まれたのだから！

スクリーンに映っていた悪意は、鬼気迫る形相で耳を塞ぎ、悶え苦しんでいる。

【あんまりだよ……やめてくれよ……歌わないでくれ……何でみんな、ボクを独りにするんだ！】

すると、コートにいた信者たちが、次々と意識を取り戻していく。

「あれ？　俺たち、何をやってたんだ？」

「そうよ、文化祭はどうなったのかしら？」

ようやく見つけた呪いの解除方法——それは、『ロキ』を二人で歌い切ることだ。

アウトロが弾けると、体育館に静寂が訪れた。かわるがわる素っ頓狂な声を上げる信者たちの中に、俺が助けたかった仲間の声も混じっていた。

「あれ？　オレたち、スタジオで練習してたんじゃなかったっけ？」

「どうして僕たちは、体育館にいるんだろう？」

俺は歓喜の声を上げ、一目散に壇上へと駆け上がる。

「翔也！　律人！」

そして、力一杯に二人を抱きしめた。

「なんだよ、六樹⁉　欲求不満なのか？」

「よしてよ、六樹。男とハグなんかしても嬉しくないんだけど」

二人は口々に、そんな軽口を叩く。

「何だよ、お前ら。俺の苦労も知らないで憎まれ口かよ。でも、本当に良かった……」

俺が何で泣いているのか、二人はピンと来ていない様子だった。

「よく分からないけど……ただいま」

またこいつらと、言葉を交わせることが嬉しかった。

「ああ、おかえり」

そして、俺は涙を拭い、壇上でうずくまる黒木真琴のもとに近づく。

「そんなぁ、呪いを解く方法があったなんて……」

黒木さんは、茫然自失だった。

「黒木さん、俺の大切なものを返してもらうぞ？」

首に掛かったスマホを取り上げる。すると、画面の中の庄條舞輪が微笑んだ。

『小鳥遊くん、ありがとうございます……わたし、最高に気持ちよかったです』

それを見た翔也が、隣で驚きの声を上げた。

「あれ？　何で六樹のスマホに庄條さんが？　じゃあ、あっちの庄條さんは誰なんだよ？」

フロアの庄條澪は項垂れる。

「完敗です……こんな形で呪いを解くことが出来るなんて……あたしは舞輪ちゃんの気持ちを理解できなかった。こんなことでは、姉失格です……」

『お姉ちゃん、わたし……』

が、その時。

【ハハハ！　まだ終わってないさ！】

姉妹の会話を遮るように、悪意の哄笑が体育館に響き渡った。

「おい、何がおかしいんだよ？」

俺が睨みつけると、悪意はおどけるように、ベーと舌を出した。

【たかだか一握りの呪いを解除したところで、悪意の拡散が止まると思うかい？　もう呪いは、次なるフェーズに移行してるんだよ！】

「そんな負け惜しみを、誰が信じるかよ？」

しかし、床にへたり込む黒木さんがボソリと呟く。

「いいえ、彼女の言う通りです……呪いの拡散はもう誰にも止められませんわ」

「黒木さん、どういう意味だよ？」

と、嫌な予感が胸を駆け巡り、俺の心臓がうねる。

【今日は、手っ取り早く呪いを拡散できる、リア充イベントが開催されるじゃないか】

俺は瞠目する。

「おい、それってまさか……」

リア充イベントと聞いて、思い当たる節が一つあった。

【そうさ！　ボクは今から、ロックフェスをジャックしちゃうんだよ！】

おそらく悪意は、フェスを媒介にし、不特定多数に呪いを拡散する魂胆だ。

「フザけるな！　どうやったら、あんな大型フェスを乗っ取れるって言うんだ！」

【おやおや、小鳥遊(たかなし)くん。気が動転して、察しが悪くなってるんじゃないのかい？　ボクが呪いを拡散させていたのは、より多くの信者を獲得し、セキリュティに潜り込ますためさ。脱出ゲームなんて茶番はブラフで、全てはこの計画の布石だったわけだよ！】

頭がクラクラしてきた。やっとの思いで、悪意の愚行を止めたっていうのに。

水面下では、もっと大掛かりな陰謀が進行していたなんて。

「こんなの、止めようがねえだろ……」

悪意は勝ち誇ったように、両手を広げる。

【では、青春破壊フェス《輪舞－ロンド－》を始めようじゃないか！】

状況は絶望的だ。フェスの会場は、今から走って向かっても、間に合う距離じゃない。

「でも、ここで諦めてしまったら、庄條(しょうじょう)さんの思いを踏みにじることになるだろ……」

そうだ。彼女はこんなことのために、『ロキ』を作ったわけじゃないんだ。

「おい、六樹(むつき)？　これはどういうことだ？」

律人(りっと)と翔也(しょうや)が首を傾(かし)げる。

「説明は後でする！　だから、早いとこ向かおうぜ！」

律人が戸惑いがちに訊(き)いてくる。

「向かうって、どこにさ？」

「フェスの会場だよ！」

翔也が俺の両肩を掴んだ。

「いやいや、無茶だって！　今から野外公園まで、どうやって向かう気だ？　それに、会場に行けたところで、オレたちに何が出来るって言うんだよ？」

俺は、不安げな二人を見据えて、平然と言い放ってやる。

「俺たちで、『ロキ』を演るんだよ！」

すると、二人は驚いて顔を見合わせた。

そして、翔也が言いにくそうに、目を伏せる。

「そりゃオレだって、文化祭のリベンジをやりたい気持ちは山々だけどな……楽器はどうするんだよ？」

俺があの時、純也さんに断りを入れなかったのは、何らかの予感めいたものが働いていたのかもしれない。

「大丈夫。学校に、純也さんが来てくれてるぜ」

俺の言葉を聞いて、翔也が手をポンッと叩く。

「ああ、兄貴の機材車があったか。それなら、運べるな」

俺はフロアに降りて、庄條澪に手を差し伸べる。

「庄條澪、お前も一緒に行こうぜ」

だが、庄條澪は俺の手を、ペシッと払いのけた。

「放っておいてください……あたしにはもう舞輪ちゃんの姉を名乗る資格がないんです」

『お姉ちゃん……そんなことはないです』

「あたしは舞輪ちゃんの大切な『ロキ』を、呪いなんかで穢してしまったんです……」

『だけど、それはわたしが、呪いの拡散を望んでしまったからですよね……？』

「舞論ちゃんの死後しばらくして、あたしの目の前にあいつは……悪意は現れました。悪意は呪いを完成させるために、この学校に通って舞輪ちゃんのフリをすること、【青春傍観信仰】の教祖になることを、あたしに提案したんです」

俺は諭すように、庄條澪に語り掛ける。

「だったら、お前は悪意にそそのかされただけだろ。それでいいじゃねえか？」

「良くありません。あたしは悪意の思惑を理解した上で、呪い作りに手を染めたのですから」

庄條澪は頑として譲らない。だが、これ以上、ここでモタついているわけにはいかないだろう。彼女が追い掛けてくることを信じて、俺たちは前進するしかないのだ。

「俺たちは先に向かうからな！　お前も必ず追いかけてこい！　これは、妹のためでもあるんだから！」

そう言い残して俺たちは、グラウンドに駆け出すのであった。

※

外に出てみると、信者によるキャンプファイヤーは続いていた。

拘束された大人たちが、こちらを見つめて哀願してくる。だが、近づこうとしたら、信者は俺たちに、にじり寄ってくる。

「なんだよ、こいつら気味悪いな……」

初見の律人（りつと）と翔也（しょうや）は、身震いしていた。

目の前の状況が、フェス会場の末路だと思うと、俺もゾッとする。

「残念だけど、先生たちは諦めよう。今は、純也（じゅんや）さんの救出が先だ！」

俺は周囲の信者たちに、スマホの中の庄條舞輪の姿を見せて応戦する。

「へえ。こいつら、そうやって倒すんだ。便利だね」

律人が、俺のスマホを覗（のぞ）き込む。

『じろじろ見ないでください』

庄條さんは困ったように前髪を下ろしてしまった。

「感心してる場合じゃねえぞ！　俺がこいつらを片付けるから、二人は早く純也さんのロープを解いてきてくれ！」

翔也が、制服の袖をまくる。

「おう、任せろ！」

律人と翔也は二人掛かりで、純也さんの手足を縛る縄を引っ張り解く。そして、口の詰め物を取ってやると、純也さんは途端に饒舌になった。

「おい、六樹！　なんなんだよ、これ!?　殺されるかと思ったわ！」

「すみません、今は何も聞かずに、俺たちを野外公園まで連れて行ってくれませんか？　機材車はどこにあります？」

「何なんだよ、慌てて……機材車なら、駐車場に停めてあるけど？」

「分かりました、急ぎましょう！」

「えっ？　なになに？　これはどんな状況だ？」

俺たちは、戸惑う純也さんを無理矢理立たせて、駐車場に向かった。

「良かった、機材車は無事みたいだな……」

俺は、移動手段が無傷だったことに安堵した。そうして、みんなで車に乗り込む。

「おい、六樹。野外公園は、でっかいフェスがやってんぞ？　行ってどうすんだよ？」

「はい、知ってます。そのステージで、俺たちは演奏しなきゃいけないんです」

「はあ？　あのフェスは観客一万人だぞ？　どうやって、お前らがそんなステージに立つんだよ!?」

「そんなの、行ってから考えるしかないでしょ！」

純也さんは頭を掻きむしる。

「あーもう！　分かったよ！　行きゃいいんだろ、行きゃ！」

純也さんはエンジンを噴かすと、

「言っとくが、ちんたら走らねえぞ？」

「ええ！　かっ飛ばしてください！」

俺たちは、純也さんの運転で、フェスの会場に向かった。

※

小高い丘の上に、その会場は設営されていた。

この野外公園は、有料制のアスレチック場として利用されているのだが、時折スポーツや音楽といったメディアイベントの催事場として、広場を提供しているのだ。

人気バンドも多数出演することもあり、フェスのチケットはソールドアウト。既に一万人の観客が広大なフリーエリアに集結していることは、機材車に流れるラジオで聞いた。

敵の筋書き通りに、事が進んでしまっている。何としてでも悪意の暴走を止めなければ、どれだけの人間が呪いの傀儡となってしまうだろうか。

「これ、どっから入るんだ？」

ハンドルを切る純也さんの手がおぼつかない。急なことで俺たちも色んな確認をすっ飛ばしてきてしまったのだ。会場の地図なんて知るわけもない。

「純也さん！　あいつらの居るところだと思います」

俺は、ターゲットマークのお面が視界に入った。その信者が集まる一角を指さす。

「よし、あそこだな？　あいつらには、さっきの恨みがあるからな……振り切るぞ！」

機材車は加速し、クラクションを鳴らしながら信者の列に突っ込んでいく。

信者たちは避けようと、四方に散らばった。

俺たちはセキリュティを掻い潜り、公園内への侵入に成功する。

「やったな！　じゃあ、あのトラックが駐車してるところに、つけるぞ？」

奥まで進むと、ステージの真裏に仮設の駐車場が用意されていた。俺たちのしょぼい機材車なんかより何倍も大きなトラックが、何台も砂利の上に停まっていた。これがプロの運搬車か。そんなことを思っていたのも束の間、機材車は停車する。

「急げ！　台車にドラムセットを積め！　ギター、ベースは各自で！　アンプは、翔也が持って行ってくれるか？」

「ああ！　兄貴、任せてくれ」

さすがメジャーバンドのローディー経験もある師匠だ。手際がいい。的確に指示をもらい、俺たちは機材のセッティングを始める。

出入口に比べ、場内の警備は手薄だった。が、それでも俺たちは数人の信者に囲まれてしまう。

と、何を思ったのか、純也さんが、ギターケースをぶん回す。

「ちょっと⁉　純也さん、それ俺のギター！」

「許せ、六樹（むつき）！　背に腹は代えられん！」

純也さんの型破りな振る舞いに、信者たちは後ずさる。

「邪魔する奴（やつ）は、頭かち割るぞ！」

純也さんはイカつい目つきで威嚇し、信者を蹴散らしてしまった。

だが、一人の信者だけは危険を顧みず、俺たちの前に立ちはだかったままだ。

「あなた方を通すわけにはいきません……」

「姉ちゃん……俺は女だろうと、マジで容赦しねえぞ？」

「ええ。それでもここは、譲れません」

物怖（ものお）じしないその信者は両手を広げ、俺たちを制止する。顔はターゲットマークで隠れているが、三つ編みの髪型から、それが生徒会副会長であることは、容易に推測できた。

「頼む、副会長どいてくれよ！」

「嫌よ！　このまま演奏されては、ここを任せてくれた真琴に顔向けできないもの！」

「だからって、こんなやり方は間違ってる！　いい加減、目を覚ますんだ！」

「あなたに何が分かるの！　わたくしたちの理解者なんて、自分たち以外にいないのよ！　わたくしと真琴は、いつだって二人ぼっちだったんだから！」

　お面の下に流れる涙を想像して、俺は心を締め付けられる。

　この子にもきっと信者になった理由があるんだ。彼女にとっての支えは、黒木会長という友達の存在だったのだろう。

「だったら、尚更……お前は、本物の『ロキ』を聴くべきだ」

「何よ、本物の『ロキ』って……？」

「それを俺たちが、このステージでお前に見せてやる。だから、そこをどいてくれ」

「本当に、見せてくれるんでしょうね……？」

「ああ。お前と黒木さんの在るべき姿を、俺たちの歌で証明してみせるよ」

　鼻からすっと息を抜き、副会長は俺たちに進路を譲る。

「嘘だったら、承知しないですよ？」

「ああ、約束する」

　そうして副会長は退散し、俺たちは機材の運搬を再開する。

「この舞台は、せり上がりになってる。たぶん、操作は俺が分かる。昔手伝ってたバンドのライブで触ったことがあるからな。みんな、俺の指示通りに動いてくれよ」

俺たちは何とか演奏に必要な機材を、全て舞台に担ぎ込むことができた。呪いに乗っ取られたステージには誰もいない。

そして、ステージはスライド式の幕で仕切られており、観客席は見えなかった。

俺たちは純也さんと、大わらわで楽器のセッティングを済ませた。

「よし、これで完了だ。お前ら、ぶちかましてこいよ？」

「純也さん、ありがとうございます！」

俺たちは一人ずつ、純也さんの差し出した握り拳に、コツンとグーパンチしていく。踵を返した俺たちは、楽器を抱えて、定位置につく。

「じゃあ、準備はいいか？　幕を開けるぞ？」

俺たちが頷くと、純也さんは開閉スイッチに手を掛けた。

すると、装置が駆動を始めた。バネが畳まれるような音がして、ステージとフロアを隔てていた幕が開かれていく。

閉ざされていた景色が段々と露わになり、仄暗い夜空が広がった。

俺は上手で、視界が全開になる時を待つ。下手の律人が眼鏡を外して髪をオールバックにする。これが彼の戦闘スタイルだ。

俺たちの後方、真ん中を陣取る翔也は、スティックを指でクルリと回したかと思うと、すぐさまスネア・ドラム、フロア・タムの順に叩きつけ、バスドラを足で連打しながら、クラッシュ・シンバルを豪快に打ち鳴らした。

純也の華麗なドラム捌きに呼応するように、俺はピックで弦を掻き上げ、適当なコードを速弾きする。そこに加わった指弾きの律人が、チョーキングで遊んでいる。

こうして三人で目配せをし合って、即興のインスト曲を披露する。

いつしか俺たちとオーディエンスを隔てていた壁は、取り除かれていた。

陽の翳った野外ステージは、煌々とライトアップされ、絶好のロケーションだ。

最後に自慢の一音をそれぞれが掻き鳴らし、演奏を終える。だが、重厚な音の余韻が未だフロアに滴り落ちていく。そして、俺は満を持して、虚空を指した。

すると、秋を運ぶ肌寒い風が吹き抜け、俺の前髪が煽られる。

緊張を見透かしたかのような無数のライトが、俺たちにキラキラと照り付ける。

おそらく俺たちのステージが、このフェスのトリになるだろう。図らずもヘッドライナーになってしまった責任と覚悟を胸に秘めて、俺たちはフロアの大観衆を見下ろす。

「はは……そりゃアウェーだよな」

そこには、傀儡とターゲットマークの信者が入り乱れて蠢く、異様な光景があった。

そして、俺たちの後方に設置されているメインビジョンには、あの不気味な少女の顔が映し出されている。

LIVE.

【ハハハ！　君たち、ヒーロー気取りで、お出ましかい？　見なよ！　もうオーディエンスは、呪われてるのさ！　もうすぐ悪意は、彼らを通じて、全世界に拡散するだろう！】

罪の無い人たちが、呪いの音楽により人格を破壊される。そんなことは間違っている。

このステージで奏でられる音楽は、オーディエンスたちのほとばしる熱気を吸い上げ、フロアを灼熱(しゃくねつ)の戦場へと塗り替えるのだ。

そして、青天井になった会場のボルテージは、誰も彼もの胸を跳ね上げ、激しい波を巻き起こす。そのうねりを原動力として、演者と観客は心を交わし合う。

「うるせえ、お前は黙って聴いてろ！　なにが、【青春傍観信仰(モノクローム)】だ！」

かつては俺も、青春を疎ましく思っていた。だがそれは、俺が青春を傍観することを強いられていたからではない。俺自身が青春を傍観していたからに他ならないのだ。

自発的に動かなければ、世界は何も変わらないんだ。

「お前が一人である理由を、誰かのせいにするんじゃねえよ。お前を縛り付けている悪意って名の呪いを、俺たちの音楽で断ち切ってやろうじゃねえか！」

俺は悪意を睨(にら)みつけて、啖呵(たんか)を切った。

【おいおい、何様のつもりだい？　君だって、さっきのクラスメイトたちの振る舞いを見て分かっただろ！　悪意はとめどなく伝播(でんぱ)するのさ！　絶対に止められないよ！】

「止まらなくたって……お前が改心するまで、俺たちが何回でも歌ってやらぁ！」

俺は正面を向き直して、ピックを構える。そして、マイクに口を近づけ、声を張り上げた。

「みんな、目を覚ませ！　【青春傍観信仰】なんて紛い物に縋るんじゃねえ！　勘違いすんな、自分の人生の教祖は——お前ら自身だろうが！」

俺が咆哮すると、メインビジョンに砂嵐が発生して、画面は点滅を始める。

すると、悪意は、苦々しい顔で手を伸ばし、画面内の空間にしがみつこうとしている。

【バカな、何でなんだ……何でそっちが……ボクに勝てるって言うんだぁ！】

だが、プツリと画面は、ブラックアウトする。

俺はパンツのポケットにしまったスマホから、熱が消えたのを感じた。いつも感じていた熱源。電池の熱なんかじゃない。彼女が俺のスマホの中で放っていた熱だ。

それが途絶えたってことは、きっと彼女はもうそこにいない。

「庄條さん、準備はいいかよ？」

ふっとメインビジョンに柔らかな光が点った。その光の粒子は段々と中央に集まっていき、やがて人の姿を形成していく。

神々しい金色の風を纏う少女。風圧で前髪がめくれ上がり、その双眸が開かれる。嬉々として輝く純粋な目には、悪意など微塵も宿ってはいない。

メインビジョンに顕現したのは——庄條舞輪、その人だった。

『――準備はいいですか！』

庄條舞輪の爽快なシャウトがフロアに転がる。

彼女の気迫に当てられて、気付けば、俺の口からも想いが零れていった。

「――俺たちは、目の前にいるお前らを撃ち抜いてみせるぜ！」

翔也のスティックがシンバルに触れたら、それが号砲だった。

異なる三人の楽器が放つ音色が、ステージの上で重なって弾けた。

そして、一拍の静寂を縫うように、庄條さんのスクリームが這い出る。

『Ａｈ！』

アンプから飛び出る楽しげなサウンドが、緑葉の生い茂る公園を駆け巡った。

律人の運指が、フレットを高速で駆け抜ける。時折、ビブラートを織り交ぜながら、オルタネイトストロークで、ご機嫌なビートを響かせてくれた。

翔也の打ち鳴らすバスドラとスネアのコンビネーションは、まるでお祭り騒ぎだ。スティックの連打と、けたたましいキックで、オーディエンスを挑発するかのようにいななく。

俺はこの開放的な野外ステージで、一心不乱にギターを掻き鳴らす。ピックで弦を抉ると、エフェクターで歪んだ爆音が、吹き付ける風を切り裂く。

スタジオなんかでは得られない、ステージの上だけにあるスリルと高揚感。そこにフロアの観客たちの歓声が加われば、ロックンロールショーは完成する。

だが、まだこの会場は不完全である。だって、殺気立つフロアの信者たちは、俺たちの演奏に興味を示さない。そりゃそうだ。彼らは今、自我を失った傀儡なのだ。

だから、これは我慢比べだ。この曲を歌い切るまでに、フロアに熱狂を取り戻す！

庄條さんと俺たちなら、そんな奇跡を起こせる気がしていた。

そうしてAメロに差し掛かると、俺と庄條舞輪の掛け合いが始まる。


『――さあ』


滑り出した彼女の声が、いつかのスタジオの景色を彷彿させた。俺のスマホで流した、生きようと懸命に歌う庄條さんの絶唱。かすれても尚、美しいボイス。

だが、今ここに響き渡る彼女の声は、力強く俺の耳に訴えかけてくる。

俺が自分のパートを歌い返してやると、嬉しそうに彼女の声が『やっほー』と跳ねた。

勢いづいた庄條さんが、ビジョンの中からフロアの観衆に向かって指をさす。

『――逃げる気か　ＢＯＹ』

青春を傍観していた俺たちは、もうここには居ない。だから、俺と彼女の間に、もう何の障壁もない。青春から逃げるのは、今日でおしまいだ。

俺たちはこのステージで、互いの魂をこの声の続く限りぶつけ合う。

呪いなんか俺たちの歌で、吹き飛ばしてやろうじゃねえか――

律人の目まぐるしいベースが、Ｂメロを奏で始める。

と、アプローチを変えた庄條さんは、脱力した声でフレーズを口ずさむ。

タメを作ることで、サビの解放感をより濃くするつもりなのだろう。

それを理解した俺たちの演奏は、彼女の伸びやかな歌声に寄り添う。

そうして爪弾くリフは、地下に潜ってから、徐々に上り詰めていくイメージ。

ギターとベースで進行するパートにドラムが割り込んでくると、庄條さんがギアを上げた。言葉遊びみたいなワンフレーズをノドから掻き出すように放つと、もうサビは目前だ。

俺はギターを掻き鳴らしながら、マイクに唇をつける。

その瞬間、俺のコーラスと、庄條さんの歌声が重なった――

『――ロキロキのロックンロックンロール』


彼女と歌い合えることが、最高に楽しかった。

胸が熱くなって、呼吸が苦しい。俺は込み上げる感情と戦っていた。だが、このステージに涙なんかいらない。俺たちは絶え間なく、このノイズを自由に転がせばいいのだ。

だから、ドントストップでお前と歌う、このステージを楽しまなくちゃ失礼だよな！


「――さあ君の全てを」

『――曝け出してみせろよ』


面白いように二人の息が合う。まるで手を取り合って、歩いているみたいだ。

律人と翔也の演奏も、ここぞとばかりにピッチを上げていく。

愉快そうに首を振り回す律人。盛大に腕をしならせる翔也。俺は体を捻り、地面を蹴り上げる。

この快感が欲しくて、俺たちは集った。文化祭のステージには立てなかったが、お釣りが来る程の激烈なロックセッションだ。

俺たちはひたすらに、この三人でしか奏でられない、エモいビートに酔いしれていた！

瞬く間に間奏に入り、見せ場である俺のギターソロがやってきた。

フットライトに足を置き、高らかにその音色を響かせる。この甲高く厳かなギターサウンドが、庄條澪の心にも届いていることを願いながら、俺は指を躍らせる。

かつて一人ぼっちだった俺たちに捧げる、この痛快なメロディ。

だけど、今の俺たちは、もう一人じゃない。お前には俺が、俺にはお前がいるから——

すると、信じられない光景が、目の前に広がった。

フロアでポツポツと、拳が上がっていくではないか。

俺はメンバーと顔を見合わせる。

この曲を歌い切るまで、呪いは解けないはずだ。だが、どういうわけか、フロアの信者たちは笑顔で拳を突き上げているのだ。そのささやかな奇跡に感動している場合ではない。

オーディエンスがその気になったのなら、こちらだって負けちゃいられねえ。

このまま一気に、ラストまで突き抜けようじゃねえか！

Ｃメロが始まる頃には、オーディエンスは完全に、俺たちの音楽に撃ち抜かれていた。

今の彼らはロックの傀儡だ。五線譜の糸から垂れる音符が、彼らの体を持ち上げる。あの恐ろしい呪いでさえ、魂が求める欲望には抗えないのだろう。

誰もが虚空に拳を叩きつけては、声を張り上げ、つんのめる。

一万人の振動が舞台にまで伝わる。俺はオーディエンスからのプレッシャーに押し負けないように足を踏ん張る。

そして、庄條さんが華麗にシャウトを決めると、翔也のドラムロールが展開し、俺たちは最高潮の大サビをぶちかます！


『「──Ｄｏｎ'ｔ Ｓｔｏｐ！　Ｄｏｎ'ｔ Ｓｔｏｐ！」』


いつまでだって、このサウンドを掻き鳴らし続けたい。終わって欲しくなんかない。

俺はビジョンに映る庄條さんを振り返る。

そして、にこりと笑ってくれた彼女の顔をしっかり心に焼き付けて、強くピックを握った。

さあ、一緒にあの夜空よりも高い場所まで行こうぜ！　悪意はここで、俺が止める！


庄條さんの歌声と──

『──ロキロキの』

俺の歌声が――

「――ロックン」

シンクロした――

『「――ロックンロール!」』


俺たちの歌声が混ざり合うと、会場には賑やかなアウトロが鳴り響いた。

オーディエンスは尚も気持ち良さげに体を揺らしている。

律人がハンマリングとプリングで弦を掻き毟り、ステップを踏みながらスラップ奏法を繰り出し、その場で弧を描く。

翔也はハイハット・シンバルにスティックを叩きつけると、流れるようにタムとスネアにダブルストローク。

俺は渾身のリフをカッティングで聴かせる。

ビジョンでは庄條さんが、肩を揺さぶり、足でリズムを取って踊っている。

そんなバカ騒ぎのアウトロを、俺と庄條さん、二人のシャウトで締めくくる。

『「――死ぬんじゃねえぞ！」』


モノクロだった、彼女と俺の青春。

その白と黒の世界に、カラフルな色をつけてくれたのは、庄條さんの作った歌(ロキ)だ。

俺はお前とこのステージで歌えたことを細胞の隅々にまで刻んで、永遠に忘れない。

いつかお前の存在が風化して、人々の記憶から消されてしまったって大丈夫だぜ。

俺はスマホの中に生き続ける最期のお前と一緒に――『ロキ』を歌い継ぐから！

正気を取り戻した観客たちは、ステージに立つ俺たちを不思議そうに見上げる。

俺は息を切らしながら、暗幕の掛かった空を見つめていた。

「ロキロキの――」

ふと誰かの歌声が起点となり、その歌は、さざ波のようにじわじわと広がり、

「――ロックン」

と、オーディエンスが、バトンを回すかのように歌詞を口ずさんでいけば、

「――ロックンロール！」

会場全体を巻き込んだ、アカペラの大合唱が始まった。

その光景は、壮観だった。俺は誇らしくなって、ビジョンの庄條舞輪を見やる。

彼女の目からは際限なく、大筋の涙が流れていく。

「庄條さん、ちゃんと見えてるかよ？　みんなが『ロキ』を歌ってくれてるぜ？」

『ありがとう、小鳥遊くん……わたし、みんなにずっとこの歌を歌い続けて欲しいです』

「任せとけ。俺がお前の代わりに、『ロキ』を布教してやるから」

『はい……いつか、また一緒に歌いましょうね？』

「ああ、忘れんな？　もうお前は、ぼっちなんかじゃねえんだぞ？」

彼女が笑顔で頷いたところで、庄條さんの体が光を帯び、そして粒子へと還っていく。

やがて小さな光の集合体は、花火のように散り散りになり、映像はそこで途切れた。

その瞬間、俺は呪いの終焉を確信した。

フロアでは、オーディエンスの『ロキ』を歌う声が鳴り止まない。庄條舞輪の残したアンセムが、会場を一体にする。ここにいる誰も、ぼっちなんかじゃないんだ。

「――お前ら、絶対に死ぬんじゃねえぞ！」

俺が咆哮すると、観客たちが絶叫する。

――なあ、みんな？　何で音楽って、こんなにも楽しいんだろうな！

エピローグ

あの感動的なフェスのステージを終え、俺たちが学校に戻ると、皆に掛かっていた呪いは綺麗さっぱり解けていた。そして、なぜか皆の記憶は曖昧になり、呪いに掛かったここ数週間の出来事は、頭から抜け落ちてしまったようだった。

ゆえに、あれだけの騒動がありながら、この学校の空気は不思議なくらい穏やかである。

だが、浦井たちだけは違ったのかもしれない。浦井とその取り巻きは、自主退学した。

細かい記憶は失っても、自分たちが仕出かしたことへの罪悪感は残ってしまったのだろう。

ちなみに黒木真琴と、その関係者についてだが、あいつらは不登校となっているらしい。

教室で授業を受ける俺は自分の席で頬杖をつき、歯抜けになった空席を眺めている。

「庄條さん……」

庄條姉妹の座っていた机には、花が置かれていた。それを見て俺の胸は毎日痛むのだ。

だから俺は、彼女たちの存在がこの世界から消えないように、庄條舞輪の軌跡を歌い継いでいくと決めた。そのために俺は、純也さんに、あるお願いをしているのである。

「でっかいステージに立てて、良い勉強になっただろ？　でも、何であんなすげぇフェスにお前らが出れたんだっけな？」

ライブハウスの楽屋で、純也さんがのんびり話し掛けてきた。

白雪舞輪が居なくなった影響なのか、俺以外の奴らの記憶は、ところどころ改竄されているようだった。

「純也さん、今日は、イベントへのお誘いありがとうございます」

「まあ、可愛いお前の頼みだからな。タイミング良く出演者が風邪ひいてくれて良かったよ」

俺が純也さんにしていたお願いは、ライブに出演させて欲しいというものだった。

パイプ椅子に座りながらベースの練習をしていた律人が、神妙な面持ちで、

「庄條さん、あんなに音楽の才能があったのに……亡くなっちゃうなんて不憫だよね」

と、切り出した。すると、壁にもたれていた翔也も腕を組みながら、

「六樹どうする？　今度みんなで、彼女の墓参りに行くか？」

「ああ、そうだな」

そう答えたものの、実は俺はもう庄條舞輪の墓参りは済ませていた。そこに行けば、音信不通の庄條澪に、会える気がしたからだ。でも、あいつはやってこなかった。

「何で黙って居なくなったんだよ……庄條澪」

そして、庄條澪にまつわる話で、おかしなことがあったんだ。あいつの家を訪ねてみると、なんと彼女の両親すら、庄條澪のことを覚えていなかった。家族にさえ存在を忘れ去られてしまった女の子。それは、呪いなんてものを生み出してしまった代償なんだろうか。

きっとこの世界では今、俺だけがあいつのことを覚えているんだろう。

「いつかまた会えるよな……？」

俺が呟くと、傍らの律人と翔也は、何をブツブツ言ってるのかと、訝しむのであった。

程なくして、出番を迎えた俺たちは、意気揚々とライブステージに上がる。

だが、意外な観客の多さに俺たちは、おののいた。

「はあ？　何でこんなにいっぱいお客さんがいるんだ……？」

ライブハウスは満員御礼、すし詰め状態である。ソールドアウトなんて、純也さんの仕切る対バンイベントでは初めての快挙なので、俺は大層驚いてしまった。

「フェス最高だったぞ！」

フロアからそんな歓声が上がる。なるほど、そういうことか。どうやらフェスを観たリスナーたちが今日の出演を聞きつけて、いきなり動員数が増えたみたいだ。

俺は軽くギターの弦をダウンピッキングする。

「俺たちは、みんなと騒ぎたい曲があるんだ！　お前ら、ロックは好きかよ？　あの日みたいに、この曲を一緒に歌ってくれよな！」

　フロアのオーディエンスが、続々と拳を振り上げる。すると、リストバンドを掲げる観客たちの腕の中に、見慣れたモノが混じっている気がして、

「えっ？」

　と、思わず俺は二度見してしまった。

　白く螺旋状に巻かれた布地。俺がそれを忘れるはずは、決してないのだ。

　だって、何度となく俺は、その子の華奢な手を掴んだんだから。

　それは見間違いなんかじゃなかった。最後列に、その女の子は立っていた。

　――庄條澪。

　いや、包帯を巻いているということは、まだ庄條舞輪のフリを続けているのか？

　だけど、もうそんなことはどうでもいい。この世界には、もう呪いなんて無いのだから。

　客席に庄條澪がいる。それならば、俺がやるべきことはこれしかねえよな。

　俺はステージに持ち込んだテーブルの上に、スタンドを置いてスマホを立てる。

「今日も宜しくな、庄條さん？」

　もうその少女が笑い返してくることはない。だが、俺の隣にお前がいなければ、この歌は歌えないんだ。俺は大きく息を吸い込んだ。

「それじゃあ、聴いてくれ！」

あの広大な野外公園に比べたら、ここは小さな箱かもしれない。だが、今宵もたくさんのライブハウスで、最高の音楽が鳴り響いていることだろう。

フロアに充満する熱気。点滅するスポットライトを浴び、俺と彼女の歌声が交差する。

今この箱にいる全員をひとつに繋げる、その曲の名前は——『ロキ』。

俺の青春とは、世界からこのロックンロールアンセムを絶やさないことだ。

だから、俺たちの歌声は、アンコールを演り終えても、きっと——


——Don't Stop! Don't Stop!

※

狂騒に揺れたステージから数時間が経ったライブハウスは、驚くほど静まり返っている。

終演後の会場は仄暗く、人っ子一人見当たりはしない。

だが、その無人のはずのステージに、薄っすらと不気味な人影が現れた。そいつは、闇の中で奇妙に蠢く。

すると、突如フロアに異変が起こった。

バチバチとコードが火花を上げると、ライトが不穏に明滅する。そして、スピーカーから、あたかも雷鳴のようなエレキギターの大音声が鳴った。

それは誰かの悪趣味なイタズラなのだろうか。いや、どうやら違うようだ。

怪しげな人影は、客席側に向けて設置された天井のモニターに吸い込まれていく。刹那、画面には、ある少年のシルエットが映った。

そのパーカーを着た少年はギターを構え、顔にターゲットマークの紙きれを張り付けている。含み笑いを浮かべる彼の佇まいは、何ともふてぶてしかった。

ふと、モニターに砂嵐が起こり、少年の顔は段々と掻き消されていく。そして、ザーザーと不穏なノイズを立て、その映像が暗転する間際。

怨嗟を孕んだような少女の唸りが、ライブハウスに響いた。まるで呪われているかのような声音が、酷く不安を掻き立てる。

程なくして、プツリと画面から明かりが消え、再び会場は闇に包まれた。

すると、暗がりを切り裂くように、フロアには殺気立つ少女の絶叫が木霊する。

【――ロキロキロックンロール！】

――悪意は今日も拡散される。

BA
CHI

あとがき

初めましての方、お久しぶりの方、どちらも大歓迎です。総夜ムカイと申します。

デビュー作の『青色ノイズ』から新作の発売まで、随分とお待たせしてしまいました。

応援いただいております皆様を、さぞヤキモキさせてしまった事と思います。

その分、この様な素晴らしい作品に携わることが出来ました。オファーをいただきました関係者の皆様、みきとP様、ＧＡＳ（ろこる）様、そして担当のＭ様。本当に有り難うございました。

さて、このラノベ版『ロキ』ですが、発売に至るまでには紆余曲折ありました。

実は当初用意していたプロットでは、ド直球の青春音楽物語になる予定だったのです。

しかし、みきとP様からいただいた「呪いの曲」というお題と、「ロキをぶっ壊せ！」という指令により、驚異の変貌を遂げたのが、この六樹を取り巻く不思議な物語になります。

かなり実験的なジャンルのお話ですから、それはもう悩みに悩みました。音楽とミステリーをどうやってミックスさせようかとか、そもそも呪いってどうやって解けばいいんだ？　ですとか。

しかし、その苦労の甲斐あって、とても独自色の強い作品に生まれ変わってくれたので、作者も大変満足いくお話となりました。勿論、『ロキ』を大好きな皆様のお気持ちをなおざりにしないように、あれやこれやと仕掛けを用意し、試行錯誤しました。皆様の笑顔を想像しながらの作業は、とても楽しかったです。

ぶっちゃけどうでしたか？　面白かったですか？　ちゃんと『ロキ』でしたか？　私は、これが『ロキ』だと胸を張って言えます。是非、もう一度読み返してみてください。

思い返せば、私は新人賞に投稿していた頃から一貫して、音楽を題材にした作品を書き続けておりました。音楽小説が書きたくて、作家を目指していたからです。そして、そんな私の最大の夢は、実在する曲の歌詞が登場する物語を書くこと。デビュー作では叶（かな）わなかったその夢を、無事この作品で叶えることができました。はっきり言って、すごく幸せです。みきとP様には足を向けて寝られません。菓子折りを持参したい気分です。

残念なことに、世間はまだまだ気軽にライブに行ける状況ではありません。だからこそ、この『ロキ』では、熱いライブシーンを描きたいと思っておりました。いつかまた皆が大声で歌えるその日まで、これからも六樹たちがあなたの代わりに、大声を張り上げてくれることでしょう。本家『ロキ』を流しながら、ライブシーンを読むのも熱いですよ！

というわけで、作者は、読者の皆様からの、本作への感想をお待ちしております。お手紙でも、リプでも構いません。楽しみにしてますね！

最後に、今日まで私を支えてくれた全ての音楽に感謝を込めて、この言葉を捧（ささ）げます。

――ロキロキロックンロール！

MF文庫J

ロキ 1
THE CURSED SONG

2022年 9月 25日 初版発行
2024年 9月 10日 6版発行

著者 総夜ムカイ

原作・監修 みきとP

発行者 山下直久

発行 株式会社 KADOKAWA
〒102-8177 東京都千代田区富士見 2-13-3
0570-002-301（ナビダイヤル）

印刷 株式会社 KADOKAWA

製本 株式会社 KADOKAWA

Printed in Japan ISBN 978-4-04-681832-4 C0193

●お問い合わせ
https://www.kadokawa.co.jp/（「お問い合わせ」へお進みください）
※内容によっては、お答えできない場合があります。
※サポートは日本国内のみとさせていただきます。
※Japanese text only
NexTone PB000052942号

◆◇◇

【 ファンレター、作品のご感想をお待ちしています 】
〒102-0071 東京都千代田区富士見2-13-12 株式会社KADOKAWA MF文庫J編集部気付
「総夜ムカイ先生」係「みきとP先生」係「GAS(ろこる)先生」係